认识自己，幸福才会如期而至

蒋岭————

著

北京日报出版社

图书在版编目（CIP）数据

认识自己，幸福才会如期而至 / 蒋岭著 . -- 北京 ：
北京日报出版社，2024.1
ISBN 978-7-5477-4444-4

Ⅰ．①认… Ⅱ．①蒋… Ⅲ．①散文集－中国－当代
Ⅳ．①I267

中国版本图书馆 CIP 数据核字（2022）第 235667 号

认识自己，幸福才会如期而至

出版发行：北京日报出版社
地　　址：北京市东城区东单三条8-16号东方广场东配楼四层
邮政编码：100005
电　　话：发行部：（010）65255876
　　　　　　总编室：（010）65252135
印　　刷：三河市华东印刷有限公司
经　　销：各地新华书店
版　　次：2024年1月第1版
　　　　　　2024年1月第1次印刷
开　　本：880毫米×1230毫米　　1/32
印　　张：8
字　　数：201千字
定　　价：69.00元

是时候了

1

耳聋耳鸣有多年了，过往如同一个缝里流逝过去的风儿，走了就走了，没有再回头，也不可能再回头。

每当想起那一幕幕的时候，我偶尔有"哭天抢地"的冲动，但最终还是丢弃了这样的念头。

"哭天"别人能听到，但感受不到我内心的无奈，"抢地"只会让自己更受伤。

忍受那份耳聋耳鸣，从而使它俩成为生活的一部分，同化它的踪迹，融化在我的脑海、内心。

不要以为这样，我就是一个坚强的人。

其实，什么都不是。

只是，我想过正常的日子罢了。

没有更多深层次的思考，简单地说：生活还得继续。

该留的想留，赶也赶不走；该去的想去，留也留不住。

2

寒冬过了，就是春天。

万物苏醒，百花也都争奇斗艳，为的是留住每一位遇到它的人的注意。

然而，春天过了，花儿谢了，谁来谁去，已经不再重要。

重要的是谁是谁的谁？

火热的夏天紧跟步伐而来，内心的那份躁动也随着不安大踏步地进入聒噪的季节。

似乎，每个人都有前行的可能。

当热风吹过，蝉鸣停歇，四周安静之时，一切的燥热好像又消失得无影无踪。

那份在意的荣光一下子随风而去。

你静静地站在那里，看着它远去，绝对不会哭泣与失落。

或许，你还有一份暗暗的窃喜与庆幸。

3

龟兔总是一而再再而三地去"比赛"，在人们的讲述中，乌龟也总是一次又一次落得个"丢盔弃甲"的惨败结局。

原因是那只可爱的兔子赢得了人们"先入为主"的喜爱。

"绑架"乌龟与兔子成了人们茶余饭后的津津乐道——这些无关乌龟、兔子究竟谁跑得快，谁跑得慢。

或许，你也在不自觉地对照自己是"龟"还是"兔"：

做一只"兔"，可以获取人们的"裹挟"与"欢笑"。

做一只"龟"，可以获取人们的"规划"与"帮助"。

你喜欢的是什么？

我们来一次"也许"：也许你什么都不是，也许你什么都是，也许你本不想如此，也许你压根儿就没有想此时，也许……

　　"龟兔赛跑"并非是它们真心"赛跑"，而是人为地设置了"赛跑"。

　　假使赛跑，你说谁能赢？谁会输？

　　这样的问话早就有答案。

　　因为该来的早已来到了，该去的早就去了，是时候了。

目录

第一辑

学会给自己画一扇窗

不给自己安一扇窗

　　装修新房时，常常向有经验的人讨教这样的方式、那样的方法，大多是一些零零碎碎的表象：铺了地砖、贴了墙裙、成套橱柜……按部就班地、一样一样地将装饰材料堆进本来有些灰暗的房间。随着时间的推移，日出日落，房子亮起来。那不是光线的充足，而是那些装饰材料的衬托。

　　一切完毕，坐在沙发上，东看西看，内心那份满足油然而生。

　　某日，朋友来做客，欣赏了新装修的角角落落。再次坐定，满心欢喜地等待朋友的夸奖。

　　"啥都好！就是少了一样！"

　　"哦？"

　　"四周的窗子外面没有安装防盗窗。"朋友不紧不慢地说。

　　"为啥要安装防盗窗呢？"我有些不解。

　　"你不安防盗窗会不安全的。"

　　"不会呀！我家孩子已经长大成人了，他不会再爬到窗子上。"

　　"防盗窗，防盗窗，不是防孩子的，是防小偷的。"朋友终于点出了他的想法。

　　"哦！可是……"

　　"你看！你家是小高层的顶楼，很不安全呀！"朋友来到阳台指了指窗外那一眼就能看到的顶层的屋檐，"多近呀，小偷轻而易举就能进来的。"

我探出头看了看顶层的房檐，的确距离只有一米左右。

"也是。可是……"我回到沙发上，"可是，我觉得安装防盗窗后，就像被关在了笼中一样，很不舒服哦！"

"安装防盗窗并不是真正防小偷，是有个心理暗示，图个心理安慰罢了。"朋友继续讲解。

"呵呵，看来，不装防盗窗，内心一直有顾虑！"我笑了，转念一想，接着说，"安了防盗窗，就真的心安了？"

"只是图个心安罢了。"朋友也尴尬地笑了笑。

朋友走后，我再次来到阳台。

远远望去，青翠连绵的无想山尽收眼底。近处，辛庄水库湿地公园也一览无遗，白鹭一只接着一只地起起落落，煞是好看。

假使有了防盗窗，我还能如此远望吗？

肯定不行！

向外张望，眼前定有那一根根、一条条的不锈钢隔在视线之中，如同瞳孔中多了些许的障碍，如芒刺背。

风随着没有遮挡的窗口吹了进来，毫无顾忌地在我的周身跳跃、舞蹈。

每日的远望也是如此毫无顾忌。

安装防盗窗，不单视线受到阻隔，连内心也定会生成一根根、一条条无形"铁链"，常常横七竖八地放在自己的心田。

心怀"小偷"，总有顾虑。

那就挣脱，不给自己安一扇窗。

别急着说别无选择

1

还记得那只捡了芝麻丢了西瓜的小猴子吗?它下山游玩,一路上,好山好水看个够,心情大好。

走着走着,它看到了前面有一个大西瓜,心里很是开心,因为有好吃的了。它抱着西瓜继续往前走,走过一片玉米地时,看到那一个个玉米棒,动了心,于是将西瓜丢在路边,一头钻进玉米地里,掰起了玉米棒。

瞧瞧这个玉米棒,不满意,扔了;掰掰那个玉米棒,不满意,扔了。一路走下去,它没有掰到一个满意的玉米棒,回头再去寻找西瓜时,已经不是原来的路了,自然西瓜也找不到了。无奈,它只得捡了一个小玉米棒,向前走去。

走着走着,一缕幽香勾起了它的食欲,顺着香味,它看到路边有一小撮芝麻。它不经意地将玉米棒一扔,俯下身子舔起了芝麻。一不小心,一个喷嚏,芝麻全部消失殆尽。

小猴子很是郁闷,回头寻找刚才那个玉米棒,也不知所终。

每个人生活在现实的世界中,我们总想着自己能有所作为,抓住任何一次的机遇,让自己更好地生存、生活。只是,你是否也有过小猴子那样的两难抉择呢？

　　每个人都有生存在这个世界上的理由，每个人都有别人不可替代的作用，都有别人无法相比的优势。有时是显性的，有时是隐性的。

　　别忙，慢慢地去思考，不要急于做出选择。

2

　　岑子初来乍到，他有些迷茫，不知道自己究竟该何去何从。静观了多年后，他开始琢磨在业务上是否可以走得更快。他坚定了这条信念，钻研了许多前人的著作、理论，总结了许多前人不曾有过的方式方法。

　　他信心满满。

　　实际操作过程中，他稍稍有些前卫的东西没有被看好，甚至被别人批驳，被斥为不切实际的异念。无奈，岑子放弃了业务的钻研，转为搞发明创造，似乎这条道路更适合他。多年下来，岑子有风有雨、顺水顺舟，不承想，中途遭遇单位全新的制度、条款束缚，发明创造戛然而止。

　　辛苦所得，毁于一旦。

　　沉寂了一段时日，皇历上根本没有写"诸事皆吉"的日子里，岑子莫名其妙地成了领导器重的对象。他有些惶惶然，相信了"天上掉馅儿饼砸中脑门"的预言。此时，是该放弃，还是该坚持？

　　趁着这股东风，是否可以重操旧业？还是趁着这股东风，规划未来？岑子每每谈及他的左右为难时，不免"之乎者也"："鱼，我所欲也；熊掌，亦我所欲也。二者不可得兼，舍鱼而取熊掌者也。"

　　我哑然失笑，那只捡了芝麻丢了西瓜的小猴子似乎在眼前不停地闪现。

3

震耳欲聋的声响让人一夜未眠。

早晨太阳早早地爬上阳台，暖暖地照着。微微的光透过那厚厚的遮阳窗幔探进了卧室，我们伸了伸懒腰，心花怒放地迎接它的到来。

拱拱手，说说话，拜拜年。

午后的阳光显得格外清亮，北风也慌不择路地来到了我们的身边。

康与我下了楼。

西边的土丘一直存在于视线，那土丘后面的世界也一直让人充满着好奇。我俩穿过马路，走上了通向小小土丘的道路。

有一条水泥路伸向土丘的高处。路的两边是被挖掘过的黄土地，一马平川，什么都没有。

我们顺着"S"形的道路向前走去。水泥路只有百米，前方就是人们踩出的土路。这让我想起了小时候走过的条条乡间小道，耳边响起了熟悉的嬉闹声：

同院子的伙伴们一群群地在乡间的田野上追逐嬉闹。你逮你的蝴蝶，我捉我的蚂蚱；你放你的鹅群，我打我的猪草……累了，就仰面倒在田野的田埂上睡一觉；渴了，就趴在池塘边捧一窝水解解渴。

鹅群中的领头鹅仰着脖子，"呃呃呃"地高声叫着，从丰茂的草丛边左摇右摆地迈步到池塘的水面，享受着欢乐的闲暇时光。

田埂上，此时早已形成了两个派别，分属田埂的左右，匍匐、躲藏在田埂的底部，时不时地探出头，手拿芦苇秆，嘴里还发出"嗒嗒嗒"的声响。这边响毕，那边静默；这边撤退，那边追逐。欢笑声在空阔的田野上飞扬着……

一阵风吹来，呼啦啦作响，我的视线看到了眼前绑着红帆布的一杆旗子。

同行不同路了。

继续前行，顺着向高处的道路，穿过一丛竹林中间的小道。眼前豁然开朗，只见一塘池水闪着波光。这个不高的土丘之上，居然还有这么一大片的水洼地。

"这条河还很大哦！"我兴奋地说。

"这不算是河！"康反驳着。

"对！只能算是一个池塘！"我纠正了说法，"处在这个地方，水还是比较清澈的，没有受到污染哦！"看着那映着阳光闪着光亮的水面，我的心也随着那点点波纹荡漾开去，一圈又一圈。

幸好，我没有做出太早的选择，而是一直往前行走。

成败聚散，都是成长

1

暑期来临，心放下，安逸地睡眠，做着自己弄不清楚的梦……第二日醒来，左耳有些生疼，跑去医生朋友那儿瞧了瞧，说"中耳炎复发，回家消消炎，过几日再来清洗"。

于是，买了药水，每天3~5次不厌其烦地滴那么1~3滴，清凉的液体滴入耳孔，有异样的感觉。

左耳整日里"嗡嗡嗡"地响个不停，似乎被什么东西堵住了，听不到外界的声响了，只能依靠右耳倾听大自然的声音。

突然间"耳不聪"了，加之自身又是近视眼，看来"目不明"也在所难免了。

扬，朋友中的挚友，总是有话就直说，有事就直言。扬小有天赋，总有那么一群人围在他的身边，轻飘飘之感时常涌在心间。每日，他都兢兢业业地钻研着属于自己职业领域内的技术，每年都有新的创造与发明，也获得过许多的荣誉，只是缺少了自己那梦寐以求的光环。

他誓言：一定要争取获得，无论山高水长，路途遥远。

历经多年，扬的所得越聚越多。但，他与"梦想"总是失之交臂，擦肩而过。淡定之后，重拾辉煌，认清梦想：那只是一个可望而不可即的"空中楼阁"，是"想得到"却"看不到"的现实。

扬猛然觉醒：自己虽然耳朵里听惯了褒奖，充溢着别人的夸赞，但却一直"失明"。这样的"耳"误导了那样的"目"。

扬的话语，我只能用右耳去倾听，因为我的左耳听不到。扬的容颜，我也只能近观而不可远视，因为我是近视眼。

2

走进理发店，里面有许多人在静静地等候着。我寻得一张凳子坐下，耐心地等。

随着"咔嚓咔嚓"的剪刀声，一缕缕头发落地，有黑色的，有黄色的，有棕色的，还有略带淡淡的红色的，五彩斑斓。

"你怎么理？"理发师扶着我的头，问道。

"剪短些吧！"我摘下眼镜，看着镜子里模糊的自己。

程序般"咔嚓咔嚓"的剪刀声，一声接着一声，头发也附和着一缕接着一缕地掉落到地面。

"好了。"理发师抖了抖围裙，笑嘻嘻地看着。

我戴上眼镜，瞧了瞧镜子中的自己：头发短了，很有精神气。"我们"相视一笑。

后来，我怀揣着梦想去了省城郊区的一所较为简陋的师范学校上学。那时年轻气盛，也是初生牛犊不怕虎的年龄。在离乡的日日夜夜里，未知的东西太多，自己本身的能力不够，慢慢地就有了许多的"随大流"：看到同学头发留长了些，觉得有一种飘逸的神采，便也试着留起了头发，渐长的头发有时会将耳朵遮盖住一半。自己对着镜子欣赏时，仰着头，一副自得样，只是那份笑意还是略显青涩。

走上工作岗位之后，面对着一张张纯真的笑脸，自己的头发再没有将耳根掩住，但它仍旧没有停止长长的脚步。

平常的日子里，更多的是忙碌，更多的是早出晚归的匆匆脚步。头发开始逐步走向了"三七开"的梳理规则，因为总想着每日与路边的花儿比一比，爱美的心境逐渐出现。打理头发的时间开始增多起来，怅然若失的心绪也日益多了起来。

岁月的脚步渐行渐远。

春暖花开，看到自己那稍稍有些微卷的额前刘海儿显得有些油光光的，心里有了一份不适，跑去理发店修剪。

对着镜子里显现出的一个干净利落的自己，我笑了。

得到未必是享受

1

习惯了待在一处，自然就渐渐融入其中。

雯在此待了许多许多年。她享受着这个地方每时每刻带给自己的快乐：那一草一木散发出的芳香，总觉有一股甜甜的滋味；清清的小河在流淌，总觉是一曲欢快的交响曲；呼啦啦的彩旗迎风飘扬，总觉是一道亮丽的风景。

享受其中，感觉到内心的那份惬意。

阳光明媚之时，雯总爱在那熟悉的道路上走来走去，为的是多看看那些熟悉的花花草草，为的是呼吸呼吸熟悉的清新空气。

她常常闭着眼，一个人在这条道上慢慢地朝前走，无须担忧，无须害怕，因为她知道前途是什么，知道前面等待她的是什么，更是因为她知道她有更多的依赖。

某日，天阴沉沉的。

黑压压的云越来越低，让人有一种窒息的感觉。

雯内心总是有一种不安，说不清道不明。

雯抬头看看天，阴沉沉的。

雯抬眼看看路，湿漉漉的。

该如何选择呢？该往哪里去寻找熟悉的身影和芳香？雯开始有些茫然，内心也被不安时时萦绕着。

终于有一天，熟悉的道路没有了，熟悉的芳香没有了。她再也没有机会闭着眼去享受那片刻的优雅时光。

2

梅雨季节的雨量总是充沛的，山川河流享受着来自天空的馈赠。这样的情形，没得选择，只好默默地接受。门前的那条南北走向的河流，早已承受不了这么充足的雨水，"哗哗"地跃过一道道拦河的石坝，发出巨大的声响奔流而去。

"满则溢"，它没有选择。我站在窗前看着那带着愁容流淌过去的小河，观望着城市里一排排湮灭在细雨中的屋檐，想到了那一条条小巷之中的人儿，看到了那滴着一粒粒雨珠的小院，听到了两声"咯咯"的笑声。

雨，总是在不需要它的时候来到身边，它由不得你愿意不愿意。骑着那一辆破旧的、没有车铃铛的自行车穿梭在小巷之中，其乐融融。

小巷幽静，偶尔有几只雀儿扑棱地飞起，也不知躲藏到什么地方，抬眼看时，还会在不经意间看到它们那悄悄探出来的小脑袋，好像在偷听小巷里人们欢乐的话语。

小巷古朴，偶尔有一担夫挑着馄饨小铺子闪过，那缕缕的鲜香总能牵动我的鼻翼，让年轻的心一下子被拽走，等到撞到了那灰白的高墙才回过神来。

细细的雨滴落在青石板上，映照着两张模糊的影像。随着一阵阵清脆的"啪嗒啪嗒"声，小巷里突然间闪过一群群的孩童，他们是赶着回家，还是在追逐前方未知的童年？骑车的两人靠着墙，躲闪着这些闪着芳香气息的"旋风"。一眨眼，小巷又安静下来。

走走停停，小巷弯弯曲曲，尽头始终没有出现。不同的岔道，相同的场景，选择一条，一直走下去，为的是让欢笑多驻足一会儿。

道路总有一个尽头，选择已经不再重要。

3

那是一个燥热的夏夜，我和其他学子一样，做了人生的第一个选择：中学即将结束，接受一次"志愿"的选择。那日，趴在树干上的知了不知疲倦地叫呀叫呀，本已汗津津的身体莫名地又被一层细细的汗珠浸润了一遍。

那个大院内有许多人，但真正能做得了主的并不是很多。我好奇地到处张望，与我一般年龄的占了少数，多数的是比我个子高、脸上写满成熟、嗓子粗哑许多的年长者。他们相互之间交头接耳，你说你的，我说我的；你看我的表，我看你的表；你查你的分，我查我的分，忙得不亦乐乎。

那白纸黑字薄薄的表格上，慢慢地填满了一个又一个经过深思熟虑的信息，如同在格子间爬行的蜗牛。那招生简章上的任何一个学校和专业的名称，我都不明白。唯一听说的是，这次成绩决定我未来是否能走出那坑坑洼洼的乡间田野。

我再次看了看表格内的那些名称：邮电、建筑、机电、船运……邮电？我知晓的仅是家门口的那个邮电所。机电？我也仅知道马路边整日轰隆隆响、堆满了生锈机器的机电站。还有，那外河中一艘艘停泊的船只。想象着，若干年后，我的身影会出现在这些场所中，内心是激动万分的。

在熙熙攘攘的人群中，在家人再三的咨询声中，我懵懂地做出了选择。回家的路上，晚霞映照在土路上，拖拉机的"突突突"声格外亲切，在一路颠簸中，我托着下巴欣赏着马路两旁树丛中鸟儿的欢唱。

对错是非，都已经过去；成功失败，早已化成了逝去的记忆。

4

我们的人生中有太多的选择，有的是内心的选择，有的是无奈的选择，有的是有趣的选择，有的是残忍的选择。

选择，是每个人内心挣扎之后做出的决定，一旦选好，便要遵从。

或许，不选择，任其自由发展才是"正道"，才不至于失去那熟悉的道路与芳香时内心空荡荡的。

接受，是好的开始

1

每每酷暑来临之时，随着"踢踏踢踏"的声响，你也来了。容颜还是如二月花那般艳丽，话语还是如春燕般呢喃。

我直视你的脸庞，常不知道自己该如何去说，该如何去做，该如何去想，等你的吩咐。

而你，却什么也不说，什么也不做，只是笑。

笑如夏花。

酷暑的热气让我流汗，擦拭额头汗珠的瞬间，你已不在。

但，不管你来不来，我就在那儿！

每每天朗气清之时，随着阵阵呼之即来的风香，你来了。容颜还是如二月花那般惊艳，话语还是如春燕般呢喃。

我直视你的脸庞，回想着你上次来时的情境，回味着你上次来时的那阵清香，在等你的吩咐。

而你，却什么也没说，什么也没做，还是笑。

笑靥风姿。

但，不管你来不来，我就在那儿！

每每日暮西山之时，随着叽叽喳喳的鸟叫，你来了。妆容已逐渐褪色，不再相宜；话语已嘶哑，稍显无力，音韵不再。

我直视你的脸庞，想不起你以前的俊俏靓丽，记不起你曾有过的海誓山盟，只等你的吩咐。

而你，已不说什么，已不做什么，淡淡一笑。

笑弹夕阳。

但，不管你来不来，我就在那儿！

2

蝉尤其烦躁，整日里宣泄着自己的不满。

那些日子，我一直在树底下等候着你的到来。

你平静地说："可能相见的机会不多了。"说着，你的脸上漾起阵阵的红晕。

我有些急切："怎么可能，你不是在我身边好好的吗？怎么相见的机会不多了呢？是不是有什么变故呢？"

你幽幽地说："人在江湖，身不由己。"说着，你红润的脸颊上多了一丝琢磨不透的苦涩。

蝉拼命在树上"知了——知了"狂叫的时候，你果真不知了去向。

不管你信不信，我一直在那棵树底下等你。

多少年，花开了，蝶飞了。

小溪从不知名的上游"哗啦啦"地流淌过来，我在树底下一直等候着你的到来。

你没有说话，只是抿嘴微笑着从我身边走过，我并未发现你的踪迹。

我如热锅上的蚂蚁走来走去，似乎看到你来时路的光亮，似乎看到路途上有你走过的蛛丝马迹。蹲伏下身段，却只见那来往匆忙的蚂蚁淹没在凌乱的枯枝败叶中。

不管你信不信，我一直在那棵树底下等你。

经年后，片片白雪落在我的肩头，它看不到我的神情，也感受不到我的心情，只是围着我，仿佛要告诉我一条久违的信息。

我用掌心接住白雪，还没有说些什么，它就在暖暖的手掌心化成了一滴冰凉冰凉的小水珠；晃来晃去的它，我正要附耳聆听絮语，它却跌落地面，消失殆尽。

不管你信不信，我一直在那棵树底下等你。

3

蝉去落叶飘。

没有了噪声，每个人的内心都在静静地等候着。等候着属于每个人自己的精彩展示时刻。

左等，没有消息；右等，没有消息。

屋内的一群人你看看我，我看看你，没有一个人说话。刚才的叽叽喳喳被那吹入屋内捣乱的风儿裹挟走了，剩下的就只有沉默。

不会吧？刚刚还是有机会的。

会的！刚才仅仅是说玩笑话，我们似乎太当真了。

不会的！那么坚决的话语，不是随便说说的。我相信这是真的。

我才不信呢！那个人的话有几句能信？

……

你一言我一语，没有逃脱"你""我""他"等字眼。

抱歉！各位，我们一直等也不是办法，该来的总是会来的，不来的，强求也不会来。对吧？我们现在就散了吧！

走了，缘聚缘散。

不等了。

4

如蝴蝶般的今日，我还在那棵树底下等你。只是，你从没有出现，我也不奢望会有奇迹发生。

那年的今日，多年前的今日，今日的此刻，我只是在树底下那个深深的凹坑内，想象着那年的今日自己是什么模样。

你的笑靥，我的经年，都没有这棵树富有生机，一年又一年。

不管你信不信，我一直在那棵树底下等你。

学会给自己画一扇窗

1

"画画是我的职业，当大使是我的爱好。"这是比利时画家彼得·保罗·鲁本斯（1577—1640）的至理名言。

他出生在德国的锡根，他是巴洛克艺术的代表人物，他有一个令人羡慕的头衔是"西班牙驻外大使"。鲁本斯担任驻外大使时，西班牙处于历史上的哈布斯堡王朝（1556年至1700年统治西班牙）时期。在大众的心目中，"外交家"是一个多么荣耀的身份，这样的身份令许多许多人望尘莫及，而鲁本斯最终的话语是"当大使是我的爱好"。

我不是一个画家，也不是一个外交家，只是普通人中的一员，从这个角度我需要好好琢磨鲁本斯的成长历程，或许能找到值得体味的人生。

1587年，10岁的鲁本斯跟随母亲回到了家乡安特卫普。鲁本斯早年在伯爵夫人家里做侍童，有机会接受正统的贵族式教育，懂得上流社会的礼仪习俗，学会了为人处事，精通多种语言（或许人生的一段段经历也是一笔笔可观的财富，但只有心明眼亮的人才能洞察这一切）。加上他12岁那年接受了天主教洗礼，终身未曾改变信仰，而宗教也成为画家生命中十分重要的一个标签。

1592年，鲁本斯在母亲的安排下（这与一些人的学习经历有类似之处）学习绘画，先后跟一些大师级别的画家学习了4年时间。这段时间，鲁本斯打下了坚实的绘画基础。1598年结束学业，鲁本斯加入安特卫普圣路加公会，成为正式画家。

鲁本斯一直没有放弃绘画，1600年鲁本斯前往意大利深造，他的足迹遍布了意大利各地，以孜孜不倦的精神研究描摹着古罗马的雕塑和文艺复兴全盛期的绘画，特别是拉斐尔·桑西和米开朗琪罗的作品（坚持自己的喜好，便是一种成功）。

1603年，对于鲁本斯来说，个人的荣誉、辉煌达到了另外一个高度，他被公爵派遣出使西班牙，作为一名外交家踏上了一段全新的人生旅程。在这期间，他完成了名作《莱尔马公爵骑马像》，继而在1605年底，他被委托为罗马的新堂（又名小谷圣母教堂）的主祭坛创作祭坛画。

如果在画画与外交家这两者之间选择其一，我想大多数的人可能选择的是外交家。因为它的光鲜，因为它与世界的联系。有了这样的平台，我们能做出许多惊天动地的事情，人生的成功指日可待，自豪之感也充溢全身。

可鲁本斯的回答是"画画是我的职业，当大使是我的爱好"。这将"画画"与"外交家"分割得一清二楚，今后的路途、今后的人生也随之清晰可辨。

鲁本斯之所以有如此的选择，因为他深深地认识到：这两个职业，一个是无功利的，一个是有功利的。他学会给自己画了一扇适合自己的窗，从此处看风景。

2

功利，能带来暂时的满足感，但内心却没有长久的安稳。功利的获得，对于每个人来说都是无可厚非的，只是你的手段如何，你的价值观如何。如果将功利作为自身成长或一生的追求，那除了自甘堕落、不择手段之外，似乎看不到它能给自己带来幸福的感觉。

无功利，那是一种自我内心的获得，不需要理由。无功利，也是一种自由自在的生活方式，并且以此作为自己修养身心的不二选择。

功利，需要的是经营。这份经营，需要加倍付出，终日处于应付与忙碌之中。

无功利，注重的是情感。这份情感是愉快的，是内心的一种真正的满足。

"惊弓之鸟"

不知是自己的沉默，还是自己在教学中有些小小的思想，某天，我接到学校的通知：区域内要召开"素质教育现场会"，让我进行一次公开课。我选取了《惊弓之鸟》作为教学的文本。《惊弓之鸟》选自西汉刘向的《战国策·楚策四》，是一篇成语故事，讲的是古时候魏国一位名叫更羸的射箭能手，不需要箭，只拉弓就能射下大雁的故事。这个故事的目的是使学生了解更羸不用箭只用弓便能射下大雁的原因，懂得对事物要仔细观察，并进行分析、推理，得出准确的判断，才能将事情做成、做好的道理。"惊弓之鸟"原指已为箭所伤，内心生恐之鸟。后喻人遭祸患打击，惊恐过度，心有余悸，闻声则惧。

我根据课文的内容进行了仔细分析，了解到文章的写作手法是分清原因与结果之间的辩证关系。为了吸引学生，我想到了最近看书的所得："变序教学"。那段日子里，无论是白天还是夜晚，我的脑海中始终想象着课堂教学的走向，想象着课堂教学中发生的一切变数，想象着自己设计的教学思路……

试教一

我针对课文的特殊性，运用了"变序教学"与"跳跃式教学"

来进行教授。当天，我胸有成竹地走向了讲台，张望了一下坐在教室后面来进行指导的人员。

"同学们，今天我们来学习新的课文《惊弓之鸟》，请大家自己朗读课文，思考一下，文章主要是说了什么。"学生们按照我的意思进行着，教室内书声琅琅。

不久就有学生发言："这篇文章讲述了古时候魏国一位有名的射箭能手更羸不用搭箭，只需拉弓，便能射下大雁的故事。"对于学生能够整体上感知课文，我由衷地感到高兴。似乎一切都在顺着我的思路进行着。

"更羸不用箭，只拉弓就使大雁从空中掉了下来，究竟是什么原因呢？文章第几小节告诉我们的呢？"文章是"由事及理"，那么在教学中是否可以"由理及事"呢？所以我首先给了学生心理一个最佳的暗示，使得他们先了解道理，然后再以读促思，思中生悟去溯源。学生也正是在我的引导之下，很快找到了问题的答案，文章的第九小节："它飞得慢，叫的声音很悲惨。飞得慢，因为它受过箭伤，伤口没有愈合，还在作痛；叫得悲惨，因为它离开同伴，孤单失群，得不到帮助。它一听到弦响，心里很害怕，就拼命往高处飞。它一使劲伤口又裂开了，就掉下来了。"

基于学生有良好的阅读能力，我乘胜追击，直奔重点："更羸说了几句话？每句话告诉了我们什么？总体讲了什么？"这就是要求学生认真地去厘清文章内部的逻辑关系，也就是我要让学生真真切切地从"果"切入，寻求突破。对于我提出的问题，学生不难理解，纷纷举手发言。"更羸说的四句话之间各有什么关系？"这便引起了学生对于语句的理解，三年级学生的认知还是处在对语句的诠释上，以理解"点"带动感受"面"。

"因果关系！"肯定的话语，奠定了这节课后面的基调。在语文课堂教学过程中，我始终认为"练"是不可或缺的。

"请同学们练习用因果式说话。先用书上现成的句子说，可用前因后果说，也可用前果后因说。"学生自然领会了我的意图：分清楚什么是"因"，什么是"果"；"因"与"果"之间的联系。在讨论声中，我引读了第九小节，做了一个圆满的小结："通过对第九小节的学习，我们知道更赢不用箭只拉弓就射下了大雁的原因，大雁究竟是怎样被射下来的呢？课文第几小节具体写了这一过程？"典型的"追根溯源"！

学生的积极性似乎被激发了起来。他们认真地阅读着课文，小声地交流着。"第五小节！'更赢并没有取箭，他左手拿弓，右手拉弦，只听得嘣的一声响，那只大雁直往上飞，拍了两下翅膀，忽然从半空里直掉下来。'"

"再轻声读读第五小节，找找这一节中哪些句子与第九小节更赢说的话意思是一致的。"再一次地阅读，再一次地感悟，再一次地追溯。学生似乎已经习惯了"做侦探"，一步又一步，那是一场有趣的追踪。

"'那只大雁直往上飞'与'它一听到弦响，心里很害怕，就拼命往高处飞'是一致的。"

"'忽然从半空里直掉下来'与'它一使劲伤口又裂开了，就掉下来了'是一致的。"

为学生的积极思考、准确回答，我鼓掌！

"'直往上飞'是笔直地往上飞吗？'直掉下来'又是怎样地向下掉呢？"此时，我引导学生观察课文中的插图，领略作者用词的准确与考究，继续"追根溯源"："更赢从观察到分析再得出结论所用的时间是很少的，哪个小节告诉我们的？""第二、三小节。"有了深入的阅读与跳跃式的理解，学生已经把前后的文章穿插在一起了。

接下来的时间中，为了更好地了解更赢的人物特点，我引领学生熟读了更赢所说的话，从中体会更赢是一个怎样的人。有学生接上话茬儿："更赢是古时候魏国有名的射箭能手。"

"是！但是怎样的人才能被称为'能手'？"

"具有某种特长的人！"

"那么'射箭能手'又是怎么理解呢？"

"就是说更赢的箭术非常高明，没有人能比得过他。"

"他为什么能够成为'射箭能手'？"这个问题才是真正让学生探寻最终的"果"。

学生们自然也说了许多自己的看法。综合所有学生的想法，我与学生们得出了这样的结论：更赢懂得对事物仔细观察，而且还善于进行分析、推理，从而才能得出正确的判断。

整个课堂教学，我避免了千篇一律的从头学到尾的信息（文本）传递（分析）方式，以变化吸引学生，对学生实行了最佳的课堂调动。

课堂教学结束了，听课的人员一个也没有说话。

下午，我准时来到评课室，大家已经围坐在一起，议论声此起彼伏，主导的声音我听得明明白白：

"作者安排课文是有根据的，我们不能破坏课文原有的顺序来进行教学！"

"今天课堂教学的顺序，不符合学生的认知规律！应该是从'因'到'果'！"

"课堂的气氛看起来显得有些乱，学生们的纪律也不太好！"

……

我仔细地听着，一句话也没有说。

末了，他们提出一个建议："教案重新整理，明天再进行试教！"然后一个接一个地走出了房间。

试教二

我依旧没有变动我的理解，坚持了我的主见。

听课者们面无表情地走出了教室，没有人让我再去交流、讨论。

试教三

由于学校出面进行了课堂教学的重新安排，我进行了最后一次教学。

原先的听课者们一个也没有再来。

"素质教育现场会"如期进行。我按照事后别人设计的教学流程，机械地完成了《惊弓之鸟》的课堂教学。

自己没有得到所谓的"成功"，并没有觉得是一种失落，反而引起了自我的思考：如果想要有一个良好的发展，究竟该怎样去从事自己的教学、教育事业呢？我观察着校园内老师们的举动，学习着老师们的各项专长，感受着大家的点滴进步，寻找着适合自己发展的方向。

我喜欢这样清冷的午后

我喜欢这样清冷的午后。

没有理由，就是喜欢。

虽然，这样的午后不会去午休，因为实在是太冷，冷得自己时常要走来走去，以此驱赶走身上的寒冷，跺跺脚、呵呵气，温暖又会溢满全身。

我喜欢这样清冷的午后，可以去和朋友一起聚聚、聊聊，哪怕是说上一两句话，哪怕是一言不发，或是发发呆。

随着时光的推移，我们渐渐步入中年，少了年少的轻狂，多了些中年的沉稳，也多了许多自我的思考。谈论的话语中，更多的是"不要太在意了""不要再去多想了""现在觉得挺好的""父母挺好的""孩子挺好的"，等等。

似乎一夜之间，我们豁然开朗了许多，明白了许多。

其实，我们骨子内传承的还是那个"四十不惑、五十知天命"的一种"庸和"之气。经历了许多，经验也好，阅历也罢，都已渐长，许多难处、疑惑都消逝在尘风之中。

屋外清冷，但内心却是暖和的，心田里还有那么多年轻时的激情与中年的豁达。

好朋友无须太多，只要那么两三个知己知彼的就够了。清冷的寒风中，总有温暖相伴。

我喜欢这样清冷的午后，可以去朋友家喝上一杯茶，顺便与孩子们聊聊"语"和"文"，哪怕是一个"点"，哪怕是三言两语。

许多时候，我们的孩子不是不会学习，而是缺乏对知识的理解与内化。如果单单是与他们说书本上的知识，最终就是一个"传授"的结局。就如同我们让孩子硬生生地去写作一样，他们渐渐地会对"写作"产生乏味之感，因为太过于刻板，甚至于太多的套路。

与孩子们聊"语"，便是说话，说多了，自然也就有收获，在说话的过程中，说出自己一个又一个想法，阐述一个又一个道理，时间久了，"书读百遍，其义自见"。那么，话聊多了，"语"的内容不也渐渐地走入孩子们的心田了吗？顺其自然，就是学"语"一个最为重要的"潜在法则"。以往，我们这条"法则"丢失了，现在就应俯身拾起。

虽然屋外清冷，但聊着聊着，每个人的内心都有收获，脸庞红红的，内心暖暖的。有了"语"的积累，有了对"语"的感触，"文"也就水到渠成。

我喜欢这样清冷的午后，自己泡上一小杯茶，随着淡淡的、缕缕的清香，悠闲地坐在窗前，看着屋外那一排又一排的楼宇，听着一辆又一辆汽车鸣笛而过。

生活的丰富就在这慢慢的静谧之中。无须我们过多地去思考，也无须我们过多地做出什么承诺。

坐久了，就站起来。

站久了，就坐下来。

没有任何人去约束你，只要自己快乐就行。

慢慢地抿一口茶，随手翻阅桌子上的书，看上一页或几页，想想书里的话，看看屋外的景。虽然手脚都是清冷的，但内心没有感觉冰凉。

　　我喜欢这样清冷的午后，做不了多大的事情，但可以任由思绪飘荡，要多高就可以多高；也可以任由视线向远处延伸，要多远就可以多远。

　　一切的一切，因为都是我喜欢的。

一条"廊道"一扇"窗"

　　漫步在校园内，教学楼宇的通途、"博文广场"的场地、"曲廊紫韵"的回廊、古老梓树的空地……这些地方都是师生来来往往的"遇见"之处，是学校文化建设的一个个"见心"之所，更是让"课外阅读"延展的"走心"成效，将"文化"的范畴扩大、承继和发展下去的必然之"道"，从而影响生活于此的所有师生，扩大波及、惠顾师生家庭及相应的生活社会圈。基于以上考量，我认为除了内在的（即组织教师的课外阅读教研活动、课外阅读心得交流、学生的课外阅读各种比赛与竞赛活动等）事宜之外，通过校园"外在"的多重改变，学校的"书香气""书卷味"会更浓烈与醇美。这里的"外在"指的是学校文化建设环境的创设，也就是"廊道文化"的培植。

1

　　悠久的历史、厚重的积淀对于一所学校来说，凝聚起来的"校园气质"本身就是"文化"。这里的"文化"必定是一代又一代学校"文化人"智慧的结晶与学校固有的厚实底蕴的相互融会贯通与积淀。作为学校的一员，我们一定要将学校的那份"积淀"细细品味，打造成新时期的校园文化体系。

> 学官西旧有安公应晬祠，年久营兵占住……日久倾
> 塌。祠西为赵公书院，康熙五十九年建，祀县令赵公世
> 臣，屋宇亦渐颓废。乾隆四十年，知县凌世御集绅士捐
> 金，改建高平书院，仍祀三公于后楼。

"高平书院"即溧水实验小学前身，它已经有两百多年的历史。

> 书院大门五间，讲堂三间，左右各一间，厢房左右两
> 间，后楼五间；下为掌教居室。楼左多隙地，周列垣墉，
> 错置花石，辟小窗相对，以为藏修游息之助。又东外，平
> 房十间，为诸生肄业所。

文字对"书院"的构造做了翔实的表述，使得后人有机会看到书院的"廊道"格局：大门——讲堂——厢房——后楼——居室。这样的"一间"连着"一间"，这就是"道"，而中间连接的必定就是"廊"。

> ……垣外邑庙，徽恩阁重窗洞开，高标辉映，草树葱
> 郁，揽结巾佩读书寻味之子，咸于此得文心之觇矣。[1]

阅读这段古语的表述，映入我们眼帘的又是一幅学子们伫立"廊道"前孜孜不倦诵读的读书图：墙外的城隍庙里"三层楼"的徽恩阁窗户全都敞开着，高耸特立之物在阳光的照耀之下相互映射，院内草木青翠茂盛。读书的少年们将头巾结于头顶，认真、专注地阅读古往今来的书籍。你是否能与我一起想象高平书院随着每日旭日东升，从院内传出"诸生"那琅琅书声至大街小巷的情形呢？

史料记载，1945年10月后，学校迁址到城隍庙内。穿过三层

---

[1] 以上史料来源于《[乾隆]溧水县志》，[清]凌世御修，[清]方性存、吴鹤龄纂，傅章伟点校，凤凰出版社（原江苏古籍出版社），2020年11月第1版。

楼，沿着"万年台（戏台）"的石阶，拾级而上，"读书学做人，
做人要读书"十字赫然分列两侧的墙壁之上。"拾级而上"走的是
"道"，迎面而来的"分列式"墙壁（连接于外围与学校之间的纽
带）便是"廊"。

　　亲近学校，我们要与它"合为一体"地进行对话，洞察历史渊
源以及在纷乱繁杂的过往里所锤炼出来的教育理念，进而细细琢磨、
体悟前人的办学思想，思索"文化承继"，并努力形成与时俱进的
"文化理念"，进而指导我们如今的办学行为与发展方向。当你进
入校园大门时，迎面映入眼帘的便是学校楼宇顶端矗立着的"文明、
和谐、严谨、开拓"八字校训，如同"书院"里的条条"廊道"透
出幽幽文脉，轻声细语地传递着"读书学做人，做人要读书"的"传
承"。

2

　　学校的主要职能就是学习、求知，而"阅读"却是学习所承载
的最大形式。试想：没有"阅读"的学校，将会培养出怎样的学生？
不会"阅读"的师生，将如何走向未来，"过一种幸福完整的教育
生活"？由此，一所学校当务之急就是要营造出阅读的氛围，以打
造"书香校园"为首选之事。"廊道文化"遵循的是校园原有的文
化底蕴，遵照的是"照旧寻文"的原则，不是大兴大建，更不是"人
为造景"，而是"书香校园"所具备的气质或姿态，也是这个校园
本身所具有的、区别于其他校园的特征。

　　废物利用，图说故事。将学校闲置的物体加工、改装成看得见
的"文化窗"，以"无声"的方式叙述学校有形的历史过往。例如，
将学校食堂淘汰的大锅架改成竖立的宣传板，中间的圆形孔做成照
片展示区，形成"我与实小"廊道；将已经使用了五六年、分散在
学校各处的多个移动小书架摆放到一处，形成"阅读广场"廊道；

将学校西面的围墙做成凹凸的文化墙，镶嵌上本地区流传千年的"中山八景"壁画图，形成"文化广场"廊道。

二次改造，唤醒故事。人创造环境，同样环境也创造人。"校园文化"也可以通过设置"无声物品"去传承学校的历史和人文情怀。例如，学校总务处与图书馆进行协商，将商家已经搁置不用的货物架改造成书架，安放在教学楼一楼的大通道（廊道）里，摆上学校"儿童阅读与写作推广人"推荐的图书，一则满足邻近班级的阅读需求，二则成为上学、放学的人潮的分流区域，三则起到分散聚集人群的多重作用，体现学校的人文关怀。

浸润体验，省悟故事。"曲廊紫韵"（回廊）本是一条处于学校东南角僻静的紫藤长廊。每年四、五月间，紫藤花缀满枝头，这里一串，那里一丛，在旭日的映照下，"紫气东来"。学校总务处在长廊的长条凳上添置了三四处"比翼双飞""振翅欲飞"的"陶艺白鸽"，象征团结、安宁；每根廊柱、横梁上张贴着一首首中英文对照的古诗词，常有孩童稚嫩的琅琅阅读声从花丛中溢出；还有专门为青年教师设置的粉笔字书写场所，一个个小黑板上娟秀的字体让人赏心悦目……廊道顷刻间成了全景式文化浸润体验区。"蓬生麻中，不扶而直。"优美的环境，优雅的廊道，时时刻刻都会给师生一种心灵上的感染，影响着成长与发展。

校园文化发展的重要载体是"故事"，"故事"既需要"说一说""展一展""演一演"，更需要以活跃于心灵的"价值与信念"为落脚点，创新打造一个又一个"廊道故事"，从而潜移默化、润物无声地熏陶、影响每一位师生。

3

为提升书香校园氛围，提高学生阅读素养，盘活学校图书馆资源，我们可以从另一个角度去看待师生阅览室、图书室，将之变化为"书馆",并聘请校内知名的老师担任荣誉馆长,同时组建"儿童阅读与写作推广人"志愿者团队。当然,我们如何真正地让图书有"存在感"?如何让孩子们对图书有"亲近感"?我们可以实施班级间的"图书漂流"活动:由"书馆"工作人员选择几十本图书(大约一个班级人数的量)装入"漂流箱",从每个年级的一班开始,依次是二班、三班……直至最后一个班。班与班"图书漂流"的间隔是2~3天,中间交接时要清点图书与阅读单。

"某尝说知是行的主意,行是知的功夫;知是行之始,行是知之成。若会得时,只说一个知己自有行在,只说一个行己自有知在。"(选自王阳明的《传习录》)它的大致意思是说:知识是行动的主导,行动是知识的具体落实;知识是从行动开始的,行动在知识这个方面得以解释,从而得到完美的了结。如果明白了"知"与"行"的道理,只要一说"知",心里马上就会知晓其实包含了"行"的含义;只要一说"行",心里马上就会知晓已经包含了"知"的成分。"图书漂流"活动就是典型的"知行合一"的具体表象,也是"廊道文化"的实践行为:一个班级就是"廊"(一个阅读的空间),班级与班级之间的交接仪式就是"道",合在一起形成的就是"廊道文化圈"。

学校,是孩子们学习的地方。学习的一个最为重要的方式就是读书,而校园内能提供读书的场所也有很多:图书馆、阅览室、教室,等等。为了更好地引领孩子们读更多的书、读更好的书,我们还可以开展"周六读吧"的公益读书活动:利用学校书馆资源以及教师专业优势(比如现有的"儿童阅读与写作推广人"的特长),每周六对部分学生、家长进行开放,主要形式是"共读一本好书"。对于"共读一本好书",我们不追寻单个教师的作用,不强调"共读一本书"时指导模式的统一性,而是依从学生"阅读期盼"的需求,以"儿童阅读与写作推广人"个性化、趣味化的思考为主。这样的"共读"才有可能真正成为老师乐教、学生乐学的"阅读共同体",让阅读真正走心走实。

对于有着悠久历史的学校来说,"廊道文化"业已存在;对于身处类似"书院"浸润之下的莘莘学子来说,阅读渐渐也会成为习惯。这样的学习氛围、阅读环境,"承继"也便成了习惯,"发展"也便有了可能。

4

每个校园内都有许多株大树,它们相互间构成的"区块链"(也可称之为"廊道文化"的雏形)便是"校园文化"预期发展的"童年期"。我们不妨借助一株株大树,形成"廊道文化圈",将学生培养成为一个个"大树之子"。

例如,悬铃木(法国梧桐)好栽易活,生长非常迅速,每棵树的叶子既大又茂盛,有净化空气的作用。树底下常常是学生游戏、玩耍的场所,我们不妨在此处或周围廊道上设置"馆藏推荐":每周安排一名"儿童阅读与写作推广人"志愿者按照低、中、高三个阶段进行选书、推荐,摆放在书架上。学生在玩耍之余看看书,久而久之,他们读到了不同种类的书籍,获取了更丰富的知识,增长了才干与能力,净化了身心,成长为一棵棵"博学树"。

再如,我们可以在学校开阔地带栽种一些适应性很强、不怕寒冷的女贞。冬天,我们可以让每一位学生亲近它们、呵护它们,形成一棵棵"刚毅树";可以在学校主雕塑四周栽种树体端正、叶大荫浓的梓树,继而引导学生塑造"认认真真做人、踏踏实实学习"的品质,将自己培养成为一棵棵"希望树"。

《易经·乾卦》中说:"见龙在田,天下文明。"隋唐时期的经学家孔颖达对此句话做出的解释是:"天下文明者,阳气在田,始生万物,故天下有文章而光明也。"也就是在讲人类改造大自然的成就和功绩，可以使人类驱除愚昧，走向光明。这样的"大树之子"
的"廊道圈"不正是"天下文明者"吗？

　　"文化"是一种环境，是环境中的人文气息、气质以及无形之中
的谈吐。学校有了"文化"，教师就有了"文化"；教师有了"文
化"，学生就有了发展的方向。从一层又一层缔结的角度来看，"文
化"是学校所有工作顺利开展的基石，它也是提升学校形象、丰富
学校内涵、凸显学校特色的原动力。一个人只要具备了道德精神，
也就拥有了至高无上的灵魂和坚不可摧的力量，学校构建"廊道文
化"，也就有了"灵魂"所在。

第二辑

一切都是最好的安排

乌冬面

邀孩子一起去吃午餐,选来选去,我点了一碗乌冬面。

好熟悉的名字,似乎是在哪里听说过,对吧?告诉你,这个名字在我的记忆里的确有那么一点的印象——

油豆腐皮吸饱汤汁的美味,本身又带着淡淡的黄豆香,像个有自己特色却又不抢主角风头的配角。面汤碗里,白色的乌冬面条,铺上金黄色的油豆腐皮,撒上鲜绿色的葱花,看起来虽简单却很高雅。

有印象了吗?这是我最喜爱的《狐狸的钱袋》里的一段描述,是阿旺爷爷在小狐狸阿南不经意的启发下做成的乌冬面,后来取名为"南狐乌冬面"("南"是阿南的名字,"狐"也是阿南的名字,因为是阿南给的配料激发的灵感,所以就取了这个名字)。这也是两个人幸福时光的一种回忆。

我的热乎乎的乌冬面也端了上来:白色的汤汁,隐隐约约之间藏着面条,挑起一根,咬了咬,很是筋道,汤汁被一翻,偶尔有一点、两点的鲜红色露出,那是虾肉,还有卷成圈的小肉片,面皮上也有一道道的暗红色,与虾肉形成映衬。

用汤勺舀了一口汤汁,慢慢地放入嘴里,微微的清香铺满舌面,哗啦一声轻响,碰到了汤里的什么食材。汤勺探底,一枚小小的蛤蜥舒坦地躺在汤勺的中央。从微微张开的壳向内望去，那"天下第一鲜"的肉质让人垂涎欲滴。

　　乌冬面缕缕的幽香四散开去，对面的孩子也伸过汤勺，轻轻地舀了一小勺，用唇轻点品尝，不时发出"不错、不错"的话语。

　　阿旺爷爷的乌冬面让阿南一辈子都难以忘怀，阿旺爷爷得了"健忘症"后唯一记住的也就是"乌冬面"——那里有阿旺爷爷与老奶奶的那份挚爱。也正是有了"乌冬面"，阿旺爷爷才记起了阿南，这个与他相依为命的小伙伴。

　　乌冬面，白色的汤面就那么静静地在面前被一点点地吃完。

人间四月芳菲尽

1

任何一个节气，都是在悄无声息中来到了身边，似乎它们黏性就是那么强，总爱围绕着我们，还时常笑呵呵、乐盈盈地看着我们。

清明也是如此。

"清明时节雨纷纷，路上行人欲断魂。"今年的清明当日，没有雨，只有清洁、明净的天空。爱人开着车子，汽车飞驰在山间野林，那满眼的绿色一茬接着一茬，一道接着一道，惹得爱人连连惊呼："太美了！太美了！"

是呀！美，其实就是在我们的身边。

家乡的一景一物，常常被我"拿来"，录入到作品之中。

时间转眼间进入了四月。点点和豆豆跟随父母来到了距离别城镇约两千米的五香寺，只见寺庙大门的横额上刻有"五香寺"三字，两侧刻着"花满山寺""永留诗情"的对联。点点和豆豆走进了寺庙，他们来到花亭、景观亭、花卉陈列厅、动物园和中心湖。

点点和豆豆开心地游览着各处景点，你瞧，伞顶红柱的花亭的正中央露出一块横石，上面刻着古代名人的笔墨；花卉陈列厅掩映在林荫中，里面有上百种奇花异草，四季飘香；各式盆景，小巧玲珑；动物园中养着孔雀、小熊猫等多种珍稀动物……他们两个人乐得又是跳又是蹦。

点点站在湖边眺望着中心湖的景色：湖面广阔，湖水清澈见底，围绕在寺庙四周的是千朵万朵的桃花，环境幽雅，绿水青山，相映成趣。他情不自禁地吟诵起来：

人间四月芳菲尽，山寺桃花始盛开。

长恨春归无觅处，不知转入此中来。

豆豆不解地问："点点，你在说什么呀？"点点指着此处的景色解释说："四月时，人间的百花都差不多快要落完。你看这时已经是初夏了，已经是芳菲落尽的时候了，但我们却在这高山古寺之中，遇上了意想不到的春景：一片刚刚才开始盛开的桃花。当人们为春光的匆匆流逝而感到怨恨、恼怒、失望时，一片春景冲入大家的眼帘，使人感到是多么的惊异和欣喜！现在才知道，它是来到了这山中的古庙里。"说完，点点展开手臂，深深地呼了一口清新的空气。

这时，爸爸、妈妈也来到了他们身边，听了他们的对话后，爸爸接上话题："古时大林寺位于今日庐山花径风景区，比山下平原高出1100米，气温相应低6℃左右，正好与外界相差一个月份。桃花开放的时间约在3月中旬，大林寺的桃花开在4月中旬，4月下旬自然就是盛开季节。"

读罢文字，我相信好朋友们一定觉得这样的文字不就是身边的国家森林公园——无想山景区的景致吗？是的。如此的美景，我们为何不让它走入心田，走入作品之中呢？

2

汽车在山间弯弯绕，一边欣赏着四周的葱绿，一边在内心赞叹着生活的愉悦。方向对了，美景也自然而然地入了眼帘。无论山路如何盘曲，我们总能寻得去往目标的那条道，自在地畅游在春光之中。这不禁让我想到了那年的那个季节的那次远行。

"去那里，需要多少时间？"我问。

"大概需要10个小时。"陈师傅轻描淡写地说。

"我的天呀，这么远？"我开始担心路程的遥远，其他几位伙伴也有如此的惊讶神色。

"是呀！900公里的路程你们可以算一下呀？"陈师傅笑着说。

"那就出发吧！"我们一行人上了车，开始了遥远的行程。一路上，大家嘻嘻哈哈，也不觉得疲倦，甚是开心。

"路，怎么走才能更快地到达呢？"我好奇地问。

"条条大路通罗马。"一位伙伴抢先说。

是呀！条条大路通罗马，只要方向对了，我们的目标就在那里，所需要的就是耐心地等待。当然，在等待的过程中，需要的还有坚持不懈。我也常常跟孩子说：要定好目标，一步一个脚印，胜利一定是属于自己的。

我们总想着自己能有所作为，抓住任何一次机遇，让自己更好地生存、生活。选择方向，就是在选择目标；目标有了，方向就有了；方向有了，目标有了，剩下的就交给勤奋和持之以恒，待到"人间四月芳菲尽，山寺桃花始盛开"，坡坡岗岗留给你的定会是蔓延而来的喜悦。

3

"天行健，君子以自强不息；地势坤，君子以厚德载物。"自强不息，就是心中有目标，不放弃向前奔跑的姿态；厚德载物，就是努力前行，不失去自我的那份坚守。我曾在《夏日槐花》里记录了夏槐的心路历程，这里也想以此（部分篇章）作为陈述。

为了能够让自己有更加清晰的前进动力，夏槐从100天倒计时开始的那天，就在自己的卧室安置了白板，并且每天都写上天数和勉励的话语：

加油！坚持就是胜利！还有27天高考。相信自己！永不言败！

加油！我一定可以考到理想的分数！仔细读题，认真复习！

……

周日上午，按照官老师的要求，夏槐做好了充分的准备：理发、买文具，还与爸爸做了一番谈话，说到了和好友威诗的畅谈，也说到了与任月宇、薛怡芭等人的聊天。原来，他们也都有紧张的情绪，只是释放的办法各不相同：有的是表面上轻松，内心惶恐，所以只好用嘻嘻哈哈的表情来掩饰；有的是表面上无所谓，内心存在着担忧，所以只好一声不吭，自我消化……更多的人是转移话题，不让自己整日徘徊在自己紧张心情的周围。

"原来，大家都紧张！"夏槐对爸爸说。

"哈哈，你不是说只有你一个人紧张吗？别人也紧张，你也紧张，我觉得这一切都是正常的。这是一次重要的人生转折，谁能不重视？既然重视，每个人都想做到尽善尽美，紧张也在所难免。还是那句话，谁能调节好自己的情绪,谁就已经赢了一步。"爸爸还是那样的心平气和。

"是呀,12年,没有经历过高中生活,没有经历过高考,是一种缺憾,也是不完整的学习生涯。"夏槐若有所思地看着屋外远处的无想山。

最后的日子里,他依旧拿起笔,记录下自己的心路历程,那一字字、一句句促成了《就这样慢慢长大》——

时光。流逝。花开。花落。

时间从指间缓缓地流走,伴随着我走过春、夏、秋、冬这一年四季。此时,我不再是一个刚入学不久的新生了。

春天,播种的季节,我们踏进了这座校园,为我们的未来播下希望的种子。为秋天的收获打开道路。春天,万物复苏,明媚的春光照耀在身上,使我感受到青春的美好与活力。我又长大了一点,学会了自立、自强、自信,学会了面对生活。

夏天,奋斗的季节。阳光高照,烈日当空,太阳正对我们放出了所有的能量,烘烤着整座校园,一阵阵的热浪扑面而来。我们正在奋斗中,为种下的种子浇灌汗水,为了秋天的收获而奋斗,因为我明白,胜利的果实是上天给予奋斗者最好的礼物。因此,我们在夏蝉的鸣叫声中学会了奋斗。

秋天,收获的季节,人们常说,秋天的颜色是金黄色的。没错,当第一片黄叶飘落的时候,已经预示着秋天的来临,农民伯伯们也早已为收获做足了准备,我们也不例外。我们拿到成绩单在那里笑呢,那是我们一年来奋斗的成果。我感到了,我又长大了一点,学会收获了。

冬天,准备的季节,从第一片雪花飘落下来,冬天已经把整个世界变成了银色的世界，只剩下了几根光秃秃的树干在寒风中瑟瑟发抖。别被这样的景象吓到。殊不知，在为树保温的雪被子下，树叶正在腐化成为养分，为来年的春天做足了准备。所以在冬日的雪花中，我明白了提前做准备的意义。

又是一年四季，在这些梦中，我明白了那些道理，于是，我便在四季中慢慢长大。

人不能靠心情活着

1

秋风起，人心不古。

槐叶落了，树下少年的身影也不见了，只留下还伏在树干上夏蝉空空的躯壳在风中左摇右摆。

它曾经那么聒噪，曾经那么高调鸣唱着夏之热情，热血总在那血色黄昏中喷涌到脸颊。此时，它却消失得无影无踪。

茂盛凌乱的草丛里，总有那么三五个小小的身影闪进闪出，也总有窸窸窣窣的声响轻言慢语。是蟋蟀在低吟？是蚂蚁在欢呼？还是瓢虫在振翅……又似乎什么都不是，只是那被风刮过的枯矮草丛发出的喃喃细语。

少年身影不见了，脚印却留在了草丛间。

蟋蟀说：我要用这脚印给孩子搭个窝，让它们暖暖地卧在里面，享受温暖的阳光。

蚂蚁说：我要用这脚印给孩子存食粮，让它们暖暖地卧在里面，享受温暖的阳光。

瓢虫说：我要用这脚印给孩子盖个房，让它们暖暖地卧在里面，享受温暖的阳光。

……

浅浅的脚印中，什么都没有，只有几片落下的枯叶，还有一层浅薄的露水，潮潮的、湿湿的。

2

车的挡风玻璃上，"滴答滴答"地滴落着一颗颗的雨点，圆圆的，对着我笑。不一会儿，那一张张小圆脸汇成了一张张滚圆滚圆的大脸，笑容更加灿烂。

车内的人看着这一切情不自禁地也笑了。

雨刮器"呼啦呼啦"地刮着玻璃上那点点的雨珠。一转眼，那些笑脸都不见了。再一瞬间，玻璃上又多了另外一群笑脸。它们不等雨刮器的到来，自己就顺着吹来的风，在车的前盖上跳起了舞蹈。侧耳静听，还有一阵阵"啪啪"的掌声响起，那是一场欢快的春之舞曲。

忽然间，我哼起了小曲，却不知自己在唱什么，只是咿咿呀呀地唱着谁也听不懂的调子，车外的"啪啪"声也应和着我的调子。

路两旁有新栽的丛丛树木。

湿湿的空气偶尔会来到车内，夹杂着一阵阵的泥土的气息。

树木的枝丫上难得见到树叶，突然间见到一两片，枯黄枯黄的色彩显露在树叶的中心处。它们孤零零地在抖动几下，一个翻转，那淋着雨水的树叶边缘便滑过一丝丝的绿意。

究竟是枯黄的，还是绿色的？

还没有来得及细细地观察与琢磨，那几片叶子早已随着风飘到空中的雨雾里，消失在我们的视线中了。

踏着"噼里啪啦"的雨滴声，看到一对年轻人，在雨中疾行，扬起的外套成了一片小小的天。

雨落在外套上，外套内生发出两朵明媚的花，娇嫩、鲜艳，粉色花瓣上的雨珠显得格外清亮。

路边挂满颗颗雨珠的树枝上不知何时站立了几只如同"落汤鸡"的鸟儿，叽叽喳喳，似在说着情话，似在鸣唱你我不懂的曲调，又似在欢快地预报春的消息。

3

放假，松弛；开学，紧张。这是我们每年的必经之路。松弛与紧张并不是装出来的，而是自然流露。

其实，这些也只是一瞬间的想法。

对我也好，对孩子也好，对家长也好，都是一样的心路历程。

我看着花开花落时，就会想：下一步又将会是怎样的"花之语"呢？我明天又会遇到哪些不如意的"花开花落"呢？

想多了，自然就关注起自身的一些变化，好心情之后会担忧惹来坏情绪，反反复复，总有"祸兮福之所倚，福兮祸之所伏"之感。时间长了，便也相信了这样的轮回，依了这样的念想。

教书、做事；写稿、记录……一切的一切都是在按部就班地开展与进行着，都是按照理性的思维在行进着，似乎"祸""福"平分秋色，不再打搅。

"啪"的一声响，意料之外地，电脑"瘫痪"了。于是，两天不作为，任由思绪放空，原以为可以获得轻松。但是，朋友们的催促、相互间的约定，一切的一切累积在一起，绝对不能再放空，必须重新拾起。

人生不在于获得，而在于放下

1

也不知从何时开始，我外出的次数越来越少。

我是一个不太喜欢旅游的人，有时间就喜欢待在家里，看看电视、上网聊聊天、看看新闻，实在没有事就睡睡懒觉。外出旅游对我而言就是从自己待腻的地方跑到别人待腻的地方，性质是一样的。

远的不说，近的去省城，可以看到花花世界，可以让自己怦然心动。如若不是游玩，也可以去听听课，提升一下自己的内涵。如果这也没有，还可以去会会朋友，聊聊天，让自己有更多的发现和收获。

今日，我做了一次这样的行为：乘着客车，一路向西，去了省城。

午后一点四十分到了车站，近两点坐上了客车。一路上听着耳机里《百家讲坛》的内容，昏昏然然地到了省城。一下车，寒气扑面而来，浑身不禁打了一个寒战，赶紧将自己的领口拉到了顶端，看看时间到了三点，不由得加快了脚步。

原以为人流量不大，结果却满眼都是人，地铁站内买票的人排起了几条长龙，好不容易找到一个自动售票机，购得票，赶紧赶车。

车来车往，等了一段时间，地铁来了，上车，眼睛看着不停闪烁的站点指示灯，心里默数着……

下车，来到地面，又打车。一辆辆车过去，都坐了人，好不容易上了一辆，跟司机扯起了闲话，他也感觉这几日好像突然间冒出了许多人。

与好朋友们的相聚，迟了10分钟。

推开门，一张张熟悉的笑脸呈现在我的眼前。大伙一个个招呼着我坐下，热腾腾的水倒上了。这边的话题早已打开，大家畅谈着对阅读的理解，聊着对儿童文学作品的感知，预设着如何对孩子进行儿童文学作品引领……我聆听着，也不时地插着话，说着自己的想法。

在这里，没有高手、低手之分，没有光环、布衣之分，有的就是想法，有的就是真诚。每一个人都尊重着别人的意见，都记录着别人的设想。我手捧着茶杯，里面是热腾腾的开水，茶杯外壁的温暖直达我的内心。

2

有电动车的日子，满怀柔情地相伴相依，亲密无间。

某日，电动车被偷。

没有电动车的早晨，北风有些不客气，总用力地刮擦着脸庞。我常常用口罩、帽子将那裸露在外的皮肤包裹起来，呼出的热气也总是无路可逃，只得从鼻梁间逃逸而出，镜片上层层雾气堆积，那满眼的世界一瞬间变得不再清晰，人影晃动，车影游荡。偶尔有一只黄蝴蝶飞过，猛然惊醒时，原是那枯叶飘落在镜片前。

徒步到车站，三五成群的孩童也在等车。车来，门开，有序而上，耳膜顿时被叽叽喳喳的嘈杂声灌注。好在我的耳朵里塞了耳机，轻柔的音乐声慢慢阻挡着嘈杂声的侵入。只是两者势均力敌，各不相让，评判的权利交给了我的大脑。混混沌沌之中，我常闭上双眼，不做思考，让自己处在漫游之中。片刻，那缓缓来自天籁的声乐占据了上风。

没有电动车的傍晚，夜色来得急，萧瑟感也打着旋在罕有人迹的马路上延展开去。我背着包，大踏步地向处在远方的那个亮灯的家走去。每日里，路隔不远，就有车停下，那车子开窗后的热情笑靥让我倍感温暖，只是自己经常拒绝了车内伙伴的好意。既然选择了走，那就走吧！虽然孤单了些，但有更多的思绪陪伴着，顺道还可以看看每日变化的路边野草、那一幢幢拔地而起的日新月异的高楼大厦，以及一盏盏从窗格里透露出来的暖色灯光。

任想象飞舞，灯火阑珊处，她在丛中笑。

<h1 style="text-align:center">3</h1>

暑热前脚扑来，梅雨后脚就拽着暑热的衣襟来了，又潮又湿。新芽刚露出枝头，那是新年的气息；热浪滚滚，远处的路基上，知了也不厌其烦地提早开始了它孤独的演唱会；雨滴总是"滴答滴答"地随风钻入屋内，萦绕在脚底板，凉飕飕的。

一月"三季"。

无忧无虑的日子就在这个酷热之际结束了，许多父母开始琢磨"小中衔接"，如何进入到一所"好"的中学，如何寻找到一个"好"的班级，如何碰到一个"好"的老师……虽有许多美好的设想，但现实就是让每个家庭开始跟上求学大军队伍，整齐划一地数着"一二一"的口号。

初中结束，在焦虑中等候着那高一年级的到来。紧张而有序的三年中学生活，许多人长长地叹了一口气，许多人茫然地咽了一口气，也有许多人只能闭着嘴堵着一口气在心间。有人欢喜有人愁，时光似乎回归到了三年前的那个小学升中学的步调，变的是时间，不变的是当初的那份"执着"与"情怀"。

喊着激昂的号子，在群起激奋的日日夜夜中摸爬滚打三年，完成了学业，迎来了期盼的"学业结束"的日子。耳畔时不时地会想起一些"解放"的吼叫，又是一张张喜怒哀乐的脸庞。

生生不息，奋斗不止，这一季属于光荣的日子。

这一月属于装修季，无论是新房还是旧房，无论是多层还是小高层，还有那一幢幢联排、独栋的别墅群，都响彻着切割机传来的"刺啦刺啦"的声响。它是在告诉人们：美好、幸福的日子即将到来。

偶见一群群的人在新房内走来走去，指指点点，敲敲打打，那是在规划着新家的宏伟蓝图。每个人的口里都是一种憧憬，每个人的眼前都浮现着各自对未来的向往，每个的心间都喷涌着一份幸福的渴望。

水电工、瓦匠、木匠……一波又一波，进进出出，今日散乱，明日变化。那一个个早已在心底设计好的构思在能工巧匠的手中渐渐地实现。每日的欣赏，便是对日后幸福多添了一分期盼，对那日子多一分的迈进。

朝朝暮暮，变化多端，这一季属于幸福的日子。

这一月属于学习季，无论是新教师还是老教师，无论是男女还是老少，还有那顽皮的孩童们，都少不了属于自己学习方式的选择。

放假不放"学"，你不见那一处处的兴趣班又蓬蓬勃勃起来，只是少了许多学科的学习，多了技能专业的掌握，许多孩童回归了自我的本真。

放假不休假，你不见那一间间教室内许多的教师都回归到了课堂，学习着自己涉猎过或没有涉猎过的领域，使得自身有更多的专业发展。

时光荏苒、白驹过隙，这一季属于畅享的日子。

人生苦乐

1

从崇文路西头走到东头，两点连接在一起。一边是家，一边是学校的新校区，中间更多的是未被开发的田野。很喜欢这条笔直的路，因为能闻到迎面而来的带着泥土芳香的纯天然的味道。

那条小河，你看到了吗？就是那条缓缓流淌着的小溪。"扑通！扑通！"不是小伙伴们跳下水去游泳，而是我儿时的另外一群伙伴——鹅，一只接着一只地跳下那条不深的小河。河里栽满了荷花，一朵连着一朵。鹅穿梭在荷叶间，一会儿在东边冒出头叫唤一声，一会儿又在西边冒出头叫唤一声。我坐在岸边，双脚搁在水里，"扑腾扑腾"地打着水花。几只鹅，晃晃悠悠地游到我的身边，"嘎嘎嘎"地伴着水花欢快地叫着。

那条长满野草的田埂，你看到了吗？我手里举着狗尾巴草，小心翼翼地踩着田埂上的厚草，一步一步地向前走着。猛然间，草丛里跳出了蚂蚱，我就会不顾一切地扑过去，蚂蚱轻盈地向前蹦跳着，我在后面快速地追逐着，一前一后。待到水塘边时，兴许蚂蚱也跳累了，它停歇在了草秆上，随着吹来的微风荡着秋千。我轻轻地来到草秆前，缓缓地蹲下身子，手悄悄地向草秆伸去……猛地向下一压。"逮到了！逮到了！"

当我斜着眼，手掌慢慢摊开时，蚂蚱又以一个轻快的动作飞速逃离了。这次，我不再追逐，欢笑着、站立着，向蚂蚱挥挥手。

夏夜，院子对面的河岸上，你看到了什么？那是一家挨着一家的竹板床。小伙伴们一个一个地穿行在这些竹板床间，累了，就势睡到了一张竹板床上。长辈们都是很亲和地说着"当心，别摔下去了"！调皮的小伙伴则会从这张竹板床跳到那张竹板床，欢笑声和着河水的"哗啦啦"声在河埂上飘来飘去。

入夜，月亮向大地洒满柔情，河埂上只有蟋蟀在草丛里弹着独弦琴，每张竹板床上的娃们都安安静静地入睡了。河面上倒映着月亮的清辉，偶尔有小鱼探出头来，偷偷地张望一下，瞬间又消失得无影无踪，只留下一圈又一圈的涟漪。

是不是上了一定的年纪，人就喜欢多多地回忆，而且回忆的大多是儿时的故事？不知你是否如此，反正我是了。

2

当我们走完幼儿年龄的那个圈圈时，就忘记了我们曾经许多次尿床、邋遢时的状态，再次看到幼儿有如此的情形，总是嗤之以鼻：怎么回事？多么幼稚的行为。

当我们过完最后一个儿童节，就扔掉了装在那百宝盒内的糖果纸、五彩果……还嘲笑有如此爱好的人：幼稚的游戏，低级趣味的把戏。

当我们考完少年的最后一场科目，看着屋外似懂非懂的飘花季节，总感觉父母不理解自己内心那份躁动，苦恼、烦躁包裹了自己。

孩子按部就班地度过了幼儿园，童年的快乐没有留下多少，少年的记忆也就这样轻轻地朝前飞逝而去了。孩子的焦虑，我能明显地感觉到，但我忘记了我也曾有过这样、那样的复杂心理，忽略了他内心的重重感受，总是说"不可理喻""不可想象"。

人生的一个转折点——孩子中学毕业了。

许多日子里，他一直在唠叨着许多我听不懂的话语，我也没有在意这些话语中有怎样的信息，等到积蓄已久之时，那个遗忘的角落中由尘埃堆积而成的尘塔轰然倒地。

中考的那几天，孩子一刻也没有耽搁，尽心尽力，这是我能感受到的。

填写志愿的时候，孩子向我解释了许多许多他的思考，前前后后、详详细细地说着他的理解、看法以及对今后的计划。

现在想来，我由衷惊讶孩子何时有了如此逻辑缜密的思维，独到、独特，而且还不失长远见解。

每个人都会从小长到大，长大后总是对过去的自己说"你小孩一个，懂什么"，而忽略了过去的自己在那些过去的岁月里的"懂"。

我尊重孩子的选择，尊重孩子在人生转折点所做的选择。因为如他一般年龄时的我缺少的正是如此的判断与选择。

遇见你,真美好

1

孩子考上北方某所大学,我就做起了功课:气候、民风、风俗……当然,更多的是唠唠叨叨地对孩子的交代。

时间飞逝。

三人一行,拖着满满当当的行李,来到了南京禄口国际机场。由于诸多原因,飞机起飞稍稍迟了点。

云层厚,一切顺利。

飞机降落在哈尔滨,出了飞机场,眼前的一切都是全新的感受,好在事先受到好朋友们的指点、帮助,买机票、网络订旅馆极方便。

找到了预订的金子公寓,类似家庭房间。安顿好自己的行李,我们便出门去溜达,顺便吃了来哈尔滨的第一顿晚餐。

惬意的生活,从此开始了。

2

去了哈尔滨西站,取票、探路,为下一站做准备。

张师傅执行了任务。一路上,我与张师傅又聊了许多哈尔滨的风土人情。

转了许多景点，拍了许多照片，每到一处，都有阵阵凉意袭来。虽冷，但心却是澎湃的。随后，我们坐了过江（松花江）索道。下了索道，寻得小吃部，吃饭，味道不错。

我们去了久负盛名的圣·索菲亚大教堂。

圣·索菲亚大教堂曾经是远东地区最大的东正教堂，目前是中国保存最完整的拜占庭式建筑，虽然在1997年就更名为"哈尔滨市建筑艺术馆"，但是无论当地人，还是外地游客，更愿意称它为"圣·索菲亚大教堂"。

人们常说：旅游，就是从自己待腻的地方去往别人待腻的地方。明知道，为何还是有那么多的人要来来去去地奔波？原因只有一个：换个环境，换个心情。

在哈尔滨，无论是出租车司机还是网约车司机，没有一个不让我由衷地感到温暖：他们的热情与豪爽让我对哈尔滨这座城市非常喜欢。

笑容是真诚的，交流也是真诚的。

3

从哈尔滨到齐齐哈尔的火车票是康在网络上订购的，绿皮火车哦！

一路上，火车"哐当哐当"的，经过大庆，处处都能看到小型钻油机。3个小时后，我们到达了齐齐哈尔大学。

康从登记、签到、住宿、领物品……一直都有大二的学长在微笑地给予帮助，康还与其中的一位学长相互留下了联络方式。傍晚，我想再去看看宿舍的情形，康说："不用了，明天吧！"

看来康开始真正独立了。

4

齐齐哈尔的清晨是明媚的、清爽的，我很喜欢那股凉爽的清风吹拂在身上，让人感觉舒坦与温柔。

跨过雄鹰桥，步入大学的校园围墙，不久就来到了正门。我特别喜欢校园的景致，漫步在四通八达的林荫道上，欣赏着来来去去的大学学子，感受着一张张笑脸，幸福之感不由得涌上心头。

午餐在第八食堂。食堂共三层，很宽敞。伙食的丰富程度是我无法想象到的，没有买不到的，只有你想不到的。

下午，我们去了齐齐哈尔市博物馆，欣赏了中国画与西洋画。靠近博物馆的还有黑龙江督军署，它是当时北洋政府的一处重要的政府决策中心。其前身是黑龙江副都统的一处私宅，由晚清的巡抚程德全和周树模相继修造而成；中华民国建立后，它成为当时政府在黑龙江的最高政治经济军事指挥场所。

漫步在环湖路边，迎着习习凉风，心生阵阵满足。

5

来齐齐哈尔，不去扎龙国家级自然保护区，不算来过。

扎龙国家级自然保护区位于齐齐哈尔市东南30多公里处，是世界最大的芦苇湿地。它也是丹顶鹤的故乡，所以齐齐哈尔也被称为"鹤乡"。

几经周折后，我们找到了专门去扎龙国家级自然保护区的306路公交车，约一个半小时车程到达了目的地。

我们漫步在无止境的芦苇荡里，被狂风吹拂的湖面激起阵阵浪花，芦苇荡里发出"哗啦啦"的欢笑声。

6

乘坐8个多小时的火车，我们来到了内蒙古海拉尔。

第一站是莫日格勒河。

我们漫步在草原，白色蒙古包星星点点，近观被老舍誉为"天下第一曲水"的莫日格勒河，享受着草原的阵阵凉风，内心惬意万分。我不由得想起老舍先生的那篇《草原》里的语句："那里的天比别处的更可爱，空气是那么清鲜，天空是那么明朗，使我总想高歌一曲，表示我满心的愉快……四面都有小丘，平地是绿的，小丘也是绿的。羊群一会儿上了小丘，一会儿又下来，走在哪里都像给无边的绿毯绣上了白色的大花……"

继续前行，我们来到了俄罗斯族家庭做客，早有俄罗斯族家庭成员在门口迎接：列巴蘸盐仪式、品俄式大列巴、手风琴演奏。进入卧室后，沙拉、巧克力、糖果等端了上来，还有民族乐器表演、民族特色歌曲演绎、彩蛋游戏、体验制作俄罗斯小饼干……

我们还去了额尔古纳湿地，它是"亚洲第一湿地"，是中国目前保持原状态最完好、面积最大的灌木丛湿地。根河像一条银色的玉带弯弯曲曲地在平坦的草原上流淌，美景无法用语言形容。

我们驱车3个小时到达中国十大魅力名镇之一——室韦，这里是蒙古民族"蒙兀室韦"的发祥地。一路上，两边都是一片片白桦林。我们入住的房子全部是由木头搭建而成，被称为"木刻楞房"。

吃过晚饭，在夜色和寒风中眺望对面一河之隔的俄罗斯小村庄奥洛契，体悟着一河隔两国的独特风情。

7

清晨，站在屋外，远处的山腰间雾气缭绕，别有一番风味在心头。

今日行程的第一项目是骑马。

我在驯马师的指导下左脚踩住马镫，双手牢牢地抓住马鞍，一使劲，跨过右脚，翻上马背。驯马师交代：缰绳向左拽，马会向左走；向右拽，它会向右走；双手一起拉缰绳，马会停住。原以为有人会牵着马的缰绳，结果却没有。一位驯马师在前面骑马走了，我们只好按照驯马师教的，用脚夹一夹马肚子，马跟着走了。没有人牵，也没有人在旁边照看，只能自己骑马与大伙一起前行。

马跑出去很远，转弯，然后又慢悠悠地回到了原地。

"186彩带河"是根河湿地的旅游景点。乘电动车登上山顶，来到观景台，狂风怒号，整个人行走都需要有定力，否则会被风吹走。来到观景台，遥望不远处的俄罗斯小镇，欣赏着弯弯曲曲的界河，别有一番景致。

夕阳西下时，我们入住了满洲里酒店。

8

第二日，天气忽然间就凉了下来。

到了满洲里国门口，我想怎么着也要下去照张相。没承想，北风又是一阵猛吹，那是如刀割一样地疼，且冷。

猛犸公园是以扎赉诺尔"猛犸故乡"文化为主题的。这里曾在不经意间发掘了猛犸象化石，经过专家的考证，这里是猛犸象的"故乡"。

万家灯火时，我们乘上火车奔向哈尔滨。

再见了，草原！

再见了，齐齐哈尔！

遇见你，真美好！

人生需要留白

1

敏坐在对面，轻轻地抿了一口微微散着热气的红茶。

单位实行"自由竞选"，恰好她也符合条件，基本上能够胜任一个重要的领导岗位。上级领导找到她，说了许多考察的结果。她总是默默地应允着，从来没有说过这些考察是对还是错。

最终，敏小试了一回，那叫"小试牛刀"。结果很明朗——"自由竞选"票数第一，组织考察也得了满分。

但最终的结果却是出乎所有人的意料：她拒绝了"自由竞选"的结局，依旧做着平常的、普通的小职员。

琴跟敏是一个单位的，日日都想着有"出头"的一天。每每单位来人，她都要去瞧一瞧，也喜欢在敏面前说一些与外界那些"七大姑八大姨"的关系。

敏也总是一笑了之，因为琴所说的那些"关系"大多数都是子虚乌有的——琴的目的只有一个，给自己提高"身价"，装装"门面"而已。

这次"自由竞选"琴也被列入了考察的名单，兴奋心情不言而喻。

　　为了能够让自己挤进领导的行列，琴可谓是用尽了所有的心思，花费了周围所有的人力资源，打通了各个关节，终于如愿以偿地通过了考察、面试、录用、公示，一样不落，结局在她的意料之中。

　　"阿敏，真是不容易。这次的'自由竞选'机制对于我们来说就是一场公平的竞赛。"琴脸上堆满笑容。

　　敏只是笑笑，没有接话。

　　"这次组织上对我的考察，让我对岗位有了更深入的理解……"琴唠唠叨叨地发表着自己的见解。

　　敏看着琴由于激动而微微颤动的背影，微笑着离开了。

　　"哎，阿敏，你说，我到了新的岗位，是不是应该这样——"琴一转身，正要对敏说出自己的宏伟计划，发现身后早已空无一人。

　　"肯定是羡慕我的晋升。"琴自鸣得意地想，她抿着嘴，打着响指，回到了自己的办公室。

　　"哎，说句话呀！你为什么拒绝那个职位呢？"梦抬头看了看敏，也抿了一口溢满香气的红茶。

　　"人生有许多精彩可取，这个岗位对我来说，是一个机会，而且是唾手可得。可我想过了，如果接受，那我会失去原本属于自己的快乐。"敏看了看窗外飘起的雾气，树叶上已经缀满了颗颗水珠，晶莹剔透。

　　"你看，那水珠中能看到你我的影子哦！"敏指着临窗的那片树叶上的水珠轻嚷道。

2

　　时光荏苒，岁月如梭，到了"自由竞选"最终发榜的日子。昨日的骄阳似火还历历在目，今日屋外已有枯叶飘零落地。

　　"阿敏，我要调离此处了。"琴有些不舍。

　　"去哪里？"敏颇感意外，"你不是荣升了吗？怎么好好的要调离呢？"

"唉，我也不知道上苍做了什么！"琴轻叹一口气，"当初以为就是晋升……我还暗地里笑话过你对我的嫉妒。其实……现在我还真是有些羡慕你。"

"羡慕什么呢？"敏将了将额前的刘海儿。

"羡慕你依旧是如此开心，而我将远行，去往一个未知的地方，也不知道是福是祸。"琴的脸上多了几分惆怅。

"没事！人生反反复复，总有些不顺心，总有些不如意，这恰恰就是值得我们珍惜的。一路多多保重。"敏安慰道。

看着琴远去的背影，敏看着门口那一大缸荷花：花骨朵早已凋谢，水面的那一小片一小片的浮萍也有了枯黄的痕迹。一阵疾风吹过，那早已干枯的荷花秆不小心倾斜，"哗啦"一声，倒伏在水面上。

此时此刻，敏更觉枯枝败叶的荷花是那么美，因为这幅画面不由得让人想到了盛夏那满缸荷花开放时的情形，眼前还不时地浮现出荷花摇曳的轻姿曼舞。

原来，生活有"枯枝"也是美丽的。

人之所以幸福在于知足

1

冬至来时，没有见到雪。

寒假来临，没有见到雪，很是失望，那不算"寒"假。

大年三十来临，依旧是没有见到雪。吃罢年夜饭，也没有了小时候追逐着那片片雪花而守岁的心情。

立春已经过去了，姗姗来迟的雪在夜间趁大伙酣然入睡时，纷纷扬扬地铺了一地。

它的到来，让人有些惊喜和意外。

人们都说"春雨贵如油"，却没有人说"春雪"如何。在我看来，那是迟到的一份喜悦。

雪，看着绵柔，内心时常涌入"圣洁"二字，总是对它充满欢喜。我喜欢在雪中慢行，让那一个个精灵轻轻地落在我的肩头，直至全身。

捂上口罩，戴上耳罩，拉上羽绒服的帽子，套上棉手套，我下了楼。

今日是上班第一天。我欢喜雪花一路的相伴。来到楼下，那一片白色映入眼中，内心顿时清洁了许多。我拿起手机拍摄着一张张雪景，为的是留住更多的雪花。

　　我仿佛看到了那漫天飞舞下来的雪花的笑颜，我仿佛也听到了它们在追逐时的"咯咯"声。这是雪带给我的快乐，也是带给大地的快乐。

　　将自己包裹在雨衣之中，骑着失而复得的电动车，一路向学校进发。电动车的车速不快，我有了足够的时间让雪花落满肩头。

　　一路赏雪，一路欢歌："寒风萧萧，飞雪飘零。长路漫漫，踏歌而行。回首望星辰，往事如烟云。犹记别离时，徒留雪中情。雪中情，雪中情……"

2

　　雨淅淅沥沥地下着，脸被北风吹得生疼。路上人来人往，如魅影般模糊不清。我的电动车此时也罢了工，停歇在了繁忙的人群中。

　　一路推回家，浑身被湿气包裹着，异常不适。抖了抖，想要扔掉沾染那雨的湿气。

　　孩子今日在学校身体不舒服，电话联络了妻子，告知电动车罢工，让她去接。

　　开了灯，进了门。一股熟悉的气息顿时涌了过来，将我团团围住，搂住我亲吻个不停。我笑了，心里的那朵睡莲也开了一瓣。

　　有人敲门。

　　开门。原来是年迈的父亲。

　　哎呀，这个时候，您怎么来了？因为下雨，雨天路滑，我担心地问候着。

　　我就是挑这个时候来的，因为来早了，你们肯定还没有下班回来。刚才在楼下看到你们家的灯亮了，我想肯定有人了。于是我就上来了。老父亲边说着边坐在客厅的沙发上。

　　他吩咐我拿一个大些的碗来。

他拎着一个塑料袋，鼓鼓囊囊的，再解开包裹得很严实的扣子，打开，一只搪瓷大碗。揭开盖子，呀！是一碗米饭。

父亲端起碗，将米饭全部倒入了我取来的碗中。

明天是腊八节，你妈做了腊八粥，嘱咐我给你们送来。里面有银耳、莲子、花生……很有营养，糖放得不是很多，很好吃的。明天早晨起来，你们再热一下，就可以吃了。

父亲特意在这个阴湿的傍晚，冒着小雨，迈着小步，拎着这么一大碗腊八粥，穿过那几条弄堂，走过几条马路，爬上五楼，为的就是让我们吃到他们做的腊八粥。

我很是恭敬地将腊八粥放到了厨房的餐桌上。父亲很快乐，站起身来，下楼回家。我跟在他身后送他。

下楼时，遇到了回来的妻儿，脸上的笑容绽放着。

父亲说着当初带孙儿的情形，那种幸福的口吻也感染着我。他说：老了！虽80多岁了，但看到家庭中每个成员的生活状态，他感到幸福。我一直聆听着他的话语，不紧不慢地跟随着下了楼。

来到楼下，父亲看了看天，不下雨了，坚决不让我送，举起雨伞，说，这个是拐杖。我停止了脚步，看着他走向回家的路。

回到家，我吃了腊八粥里的几粒杏仁，一缕甜丝丝的味道在口中漫溢着。

一切都是最好的安排

1

天，灰蒙蒙的，看不清九重之上到底发生了什么。片片雪花一朵连着一朵来到大地，落在草丛间，落在枯枝头，落在瓦楞檐，落在独自走在田埂间孤独的人身上。

转瞬间，大地成了白色，行走的人成了移动的白色，身后留下深浅不一的洼地。

天气渐晚，天空依旧是灰色，而大地间却闪耀着白色，偶尔有小鸟从枯树枝上飞起，凌乱的雪花像碎屑末似的慢慢落下。

那条早已被封堵的道路上，有一个孤独的身影在晃动，深一脚浅一脚地慢慢向前挪动。远处的万家灯火在眨巴着眼睛，召唤着孤独的人。

万籁的乡间田野，听得见那一声声"咯吱咯吱"的声响，看得见那孤独的人左摇右晃、步履蹒跚的模样，也闻得到那来自北方的阵阵寒意。

铺着鹅卵石的小道上人来去去，两旁的小花沾满晨露，迎接着一张张笑脸。

你总是鼓着腮帮子，满脸严肃地走进宽敞的屋子，屋内的人没有话语，张望着你的到来。

顷刻间，你笑了，人群也笑了，那笑声充溢着教室，传出了屋子，飞上了屋檐，惊醒了屋檐下那只午休的小鸟。

小鸟飞上屋顶，振翅绕着屋子飞来飞去，看到了人群在嬉闹，襟飘带舞，分不清谁是谁。

小鸟滑翔着，向屋后的那片桃花林飞去。站在高枝头，它眺望着北方的那道即将落到山那边的霞光，心中竟有些伤感，一滴泪不知不觉地滑落下眼眶。

2

天色微蒙，站在楼底，抬头仰望着那贴满白色墙砖的楼顶，看到了一棵青青的小草在楼顶扎了根。可能仰视的时间太长，脖子生疼，平视时，身体一个趔趄，向后退了半步，踩在了身后的低洼地里。

低洼地泥土疏松，一脚一个深深的坑印。

正值中午，阳光直射着大地，楼宇间的空地平整成水泥地。来到楼底，那深深的坑印不见了，原址上栽种了一棵桂树，矮矮的。

雪花又开始飞舞，楼底的桂树披上了洁白的雪花，那条水泥道显得有些湿润。男孩领着一群人来到了楼底，每个人都吆喝着，似乎都有说不完的话，似乎都有宣泄不完的热情。桂树似乎也被感染，迎着北风抖了抖身子，闪现出有些干枯的枝丫。

一年又一年，桂树旁的泥土挖了又填，填了又挖……桂树没有说什么，每次只是默默地看着围着它转圈圈的陌生人。

每次来一群人，桂树都会长高一尺；每次再覆盖一层薄雪，桂树都会抽出新的枝条。

3

站在桂树旁，远不及桂树的个子。但我喜欢站在桂树旁边，因为那里有我喜欢的清香，有我喜欢的那个深深的坑印。

站在楼层间，附在楼层的台阶上，俯视着桂树。桂树在楼底仰视着，并用尽全身的力气向上蹿着，枝条尽可能地伸展，越伸越长。

不忍让桂树花费如此臂力，于是"噌噌噌"地下楼回到了桂树旁，站立，倾听桂树的欢笑，陶醉在桂树散发的那份芳香中。

下雨天，桂树看到归来的人儿，伸出枝条，遮挡雨珠；烈日里，桂树看到大汗淋漓的人，伸出枝条，遮挡炎热……

每当月圆之时，桂树会伴着窗前的灯光，微笑着合上眼，还会伸出枝条轻敲窗玻璃。当推开窗时，桂树会发出"沙沙"的欢笑，不言不语，继而安静地休眠。

4

总有分别的时候。

当东方破晓的那日，站立在桂树前，心里轻轻说着只有桂树听得懂的告别语时，桂树的枝叶凋零了。

别了，那桂树。

圈子要小些

1

不知从什么时候开始，人类喜欢上了群居，一群群，一丛丛，一簇簇，三三两两，三五成群，如此等等，数不胜数。年轻的时候，我们总是害怕跟不上潮流，跟不上时代步伐，跟不上别人的"眼光"，于是"跟风""从众"成了内心的一种渴望，生怕被"遗漏"了。在这样的情形之下，"东南西北风"都被吹了一遍，自己有些迷花了眼，当"龙卷风"来临时，深陷在茫茫然中，丢失了自身，迷失了方向。

人生在世几十年，坎坎坷坷十有八九，不必计较别人是否在意你，是否"带"你，是否提携你，真正成为自己的还是"自己"与"自己的能力"。从这个角度去看，我们不必在意外围的那个"圈子"是否够大。

有些"圈子"看似很大，但都是为了名利，所以形成阿谀奉承、溜须拍马的局面，并没有真正形成"对话"的局面，而是为了"既得利益"。这样的圈子再大，大不过内心那小小的一隅，最终会印证俗语"出来混，迟早是要还的"——整日里周旋在"还债"、周而复始的"笑脸"之中。

圈子大与小，取决于每个人对于自身"需求"的判断——我们需要什么样的生活？我们如何去生存？我们为下一代留下哪些有意义、有意思的人生思考与铺垫？如果没有这样的"思考"，圈子再大，大多也是浪费时间与精力的"陪笑脸"。也许有的人乐在其中，也许有的人乐此不疲，也许有的人觉得这就是想要的"生活"与"生存之道"。但，当夜深人静、喧嚣过后、岁月流逝、年老色衰、退到幕后时，你的"圈子"还会在吗？你的内心还会静吗？

于是，寻找很重要。

找，就找岁月沉淀下来、时间筛选、年轮割裂、砂砾滴漏的那一小部分人围成的"小圈"：没有名利的炫耀，没有利益的争夺，没有耀眼的光环，一切都是本真的生活与生存的状态，一切都是向上向善的进取之势。在这样的氛围中，可以畅所欲言，可以敞开心扉，可以追忆过往，可以浮想联翩……

圈子小了，想相聚就相聚，不想相聚就不相聚，因为生活、生存的价值就是随意，不为了"迎合"而去违背"法则"。

圈子小了，相聚时的意义就大了，因为不会聊虚浮的话题，不会消耗多余的时间。

圈子小了，相互之间谈论的话题总能集中，总能聚焦，总能有针对性，有指向性，不迷茫，不单薄。

约上小圈子的人，喝上三杯茶，谈上三句话，心扉会自然开放。

2

暑期，我常常坐在书房，侧目就能看到屋外的情形。天气晴朗之时，一眼看过去，很远很远，十几米，几十米，甚至几公里之外的一个个屋顶、一排排屋宇、一条条大道以及那亮闪闪的诱人的繁花美景尽收眼底。可这些仅是景，留在内心的能有多少？近期一直在搜索曾经有过的感触，微乎其微，一丁点儿的"见识"都掏不出，拿不出。

为何有如此的尴尬呢？那便是"见识"太少。

"见识"并不是自己看到的、认知的。如此的"见识"只是狭隘的见识，并不是内化、丰富自身生活、生存、有益的"见识"。

真正的"见识"是需要"行万里路"，遵循人文历史，倾听学识渊博的人畅谈。俗话说"听君一席话，胜读十年书""读万卷书，不如行万里路"。

知行合一，才是"见识增长"的良方。

新约我一起，走向西北，探寻那遥远的历史，这也是深藏在我内心的多年的夙愿。用脚去丈量，用眼去观察，用心去感受，用手去触摸那一扇扇门、一道道坎、一幅幅画、一尊尊像……收集在内心的不单单是风景，还有沉淀下来的历史、民族的印记以及人文的厚重。

可惜，我未能成行，有些遗憾。

我常跟自家孩子说：自己看得到的都是表象，而看不到的也总是想不到。所以，我们需要去远足，需要去"行万里路"。

与晋、利坐定，泡上茶，茶杯里面漂浮着一根根青色的茶叶，抿上一口，缕缕的幽香滑入舌尖。如同"说书"一般，说了许多我未知的领域，说了许多我未知的"见识"。如果仅是见识，那就是看到的眼前的既得；如果是"见识"，需要的是分析，看到别人看不到的、存在的"既得"。

"人生犹如下棋。高手能看出五步、七步甚至十几步棋，低手只能看两三步。高手顾大局，谋大势，不以一子一地为重，以最终赢棋为目的；低手则寸土必争，结果辛辛苦苦，屡屡犯错，以输告终。"简言之，就是下棋时普通人看了两三步，高手看了十几步，冠军则看到了结局。这样的"见识"才是"大局面"。

3

条条大路通罗马。展现在我们面前的都是道路，而真正能够到达"罗马"的哪条道路才是适合自己行走的呢?

这就需要思考。

我们不是圣人，没有神奇的辨别能力。但，我们有思考的能力，我们通过思考让自己面前的"路"延展得远一些。学会思考、学会谋划也是一种能力。人们常说：谋事在人，成事在天。谋的策略、谋的形式，都需要去思考。

一样的人，一样的天，一样的路，在乎的是思考。思考到位，那便是"天时地利人和"，否则就是"一笔糊涂账"，纷争不断。

行走的过程中，我们会看到许多的"枝枝杈杈"，有让自己心动的，有让自己心慌的，有让自己前行的，有让自己深陷泥潭的……各种选择都需要思考。

圈子小些，思考大些，定能有长远的打算，有明媚的未来。

"阅读"是什么

"人们不必执着于物本身，只消悉心于我所赋予的意义就是了。"（蒙田《论书籍》）读书，不能成为"物"，也不能成为一种追名逐利的"媒介"，它只是存在于内心的一种基本的需求，只要我们自己赋予读书一定的"意义"便罢了。

读书，可以让我们的眼界更宽广，让我们的思考更周全，让我们的行为更灵敏。"我想，一个有本领、有教养的人，灵机一动，自有奇思妙想联翩而来，这也就足够他自己受用的了。"（查尔斯·兰姆《读书漫谈》）我们应该把握自身对世界、社会万事万物的认知，不能好高骛远，也不能妄自菲薄。"联翩而来"的是自我意识的展开，如同一双隐形的翅膀，让自己有更多的认知。有可能看待一个物品会联想到了两个、三个，甚至更多物品；有可能由一处景物，生发出美妙的奇异景象或世外桃源；有可能是因一个词，穿成一串串珍珠手链，熠熠生辉，呈现光彩夺目的缤纷色彩……

读书如同吃饭、喝茶、聊天一样，是我们人生过程中一个熟知却又陌生的组成部分，无须做过多的准备便能得心应手。"读书必须是自己的有机的一部分，必须和自己的生活经验熔为一炉。"（李霁野《读书与生活》）这便是读书。

1

学生，有如一块海绵，对世界一事一物都充满好奇，他要探索及吸收，我们为他选择不同类型的书目。"阅读一本好书，就是与一个高尚的灵魂交流。"好书给孩子的人格影响是巨大的。"初步理解、鉴赏文学作品，受到高尚情操与趣味的熏陶，发展个性，丰富自己的精神世界。"这是"课标"给予我们的提示。课外读物对学生的吸引力是巨大的，关键在于教师的正确引导。有教师教学《翡翠森林：狼和羊》，阅读讲述课时，就是将学生牢牢地吸引到文章之中，"闻文而动"，情感在不知不觉的"阅读"中被"渲染"。

师：故事发生在一个暴风雨之夜。（多媒体出示文本P1~2，教师阅读，同时播放伴有画面、声音的课件）

倾盆大雨直泻而下。暴风雨咆哮着，狂吼着，像"水龙"一样猛烈地击打在一只小山羊的身上。

白色的小山羊好不容易才滑下山丘，钻进一间又破又旧的小茅屋里。

师：你发现小山羊了吗？（它是那么弱小，那么无助）小茅屋呢？（真是又破又旧，但是总能给小山羊遮风挡雨了）

因为是低年级，老师在教学的过程中注意采用了多媒体的声、画的直观媒介来引发学生"感官"对文本的认识，激发听读的兴趣，从而为学生更好地进入文本的环境、内容做铺垫。

师：（继续阅读P3~8）黑暗中，小山羊卧了下来，静静地等待着暴风雨过去。

哐当！谁进到小屋里来了？还呼哧呼哧地喘着粗气。

会是谁呢？

小山羊竖起了耳朵，一动不动地隐藏在黑暗中。（老师随着声、画的多媒体叙说着狼来到小茅屋时小山羊的一段独白）

师：这么说，进来的到底是谁？是小山羊吗？（出示文本P9~10）不对！这个拄着拐杖进来的黑影子，不是小山羊，而是一匹狼。而且它还特别爱吃山羊肉。（老师继续阅读文本）"你来了，我就安心了。"小山羊显然没有发现对方是一匹狼。"我也是！暴风雨的夜晚，独自待在这样一间小屋里，心里不发毛才怪呢！"狼好像也没有发现对方是一只小山羊。

师：为什么都没有发现对方的真实身份？（黑咕隆咚的）

师：（出示文本P11~16，这是一段经典的对话）

"哎——哟！啊……疼疼疼疼疼！"

"怎么啦？"

"唉，来的路上扭了脚。"

"糟糕！来，把脚伸直过来吧！"

"啊，那就失礼了，哎——哟！"

狼伸出腿，一不小心碰到了小山羊的腰。

"咦？"小山羊想，"这蹄子，怎么这么软呢？"不过转念又一想，刚才碰到自己的一定是它的膝盖。（老师问：小山羊的蹄子怎么样？学生答：很硬！然后老师继续阅读内容）

"阿、阿、阿，阿——嚏！"

狼突然打了一个大喷嚏。

"你没事吧？"

"唔……好像是感冒了。"

　　"我也是呢，鼻子塞住了，什么味道也闻不出来。"

　　"嘿嘿嘿，我们现在只能用声音来分辨对方了。"

　　"哈哈哈，你说得对极了。"

　　一段经典的对话，教师讲述得绘声绘色，用自己的话语提醒着学生理解羊、狼个体特征，也是为了更深入地明白两只动物在漆黑夜晚害怕的心情，将"文本"换成"画面"，在此基础上，配以个性化的阅读，学生的"情"随着"趣"深深地进入了文本的"境"之中。

2

　　"课外阅读和作文是学生独立运用知识的过程，就是把阅读课上学到的知识，加以运用和巩固，同时又使阅读教学的成果得以发展。因此，这三方面的教学活动要有机地结合起来，形成一个统一的整体。要提高语文教学质量，在大力改进阅读教学的同时，必须加强课外阅读指导和改进作文教学，巩固学生已掌握的知识，并能熟练运用，提高独立阅读能力和表达能力。"（袁瑢语）通过"阅读训练"，学生将"阅读知识"转化为"阅读能力"。有老师教学《爱的教育》课外阅读指导课，在关注文章内容的同时教会学生去阅读，在"练"中逐步走向"读"的深入。

　　师：（出示幻灯片）这就是意大利著名作家亚米契斯（学生集体回答），他写的《爱的教育》这本书100多年来一直畅销不衰，被英国、法国、日本等世界各国争相翻译出版。这是一部令全世界亿万人感动的伟大作品。许多人看完之后都对其有很高的评价。（出示幻灯片，学生齐读）

> 这是能够流传百世的传世之作。
>
> ——意大利评论家
>
> 这是一部思想性与艺术性都很强的外国作品。
>
> ——我国著名翻译家

师：是呀！正如他们所说，这的确是一本好书。读完了这本书之后，你们一定对书中的故事内容、人物形象有很深刻的印象，是不是？（生：是！）我们一起来回顾一下吧！谁来当老师出题考考同学们？可以是判断题、选择题，也可以是填空题、问答题等。

生：克洛西的父亲服刑完之后，出狱时送了一个什么样的礼物给监狱中的老师呢？这是一道填空题。

生1：墨水瓶。

生2：读完这本书之后，你认为斯代地是一个怎样的人？用两三句话说一说。

生3：我觉得他是勇敢的人，他为了保护妹妹挺身而出。

生4：我觉得他有着非常坚强的意志。虽然他头脑不怎么聪明，但是他用大部分的时间一直在钻研书本，这令我非常敬佩他。

生5：我出的是一道选择题。后来泼来可西得到小火车的原因是：A.自己又哭又闹吵着要；B.父亲将一张纸条给安利柯，让他把小火车送给泼来可西；C.安利柯看他十分可怜，同情他才给他小火车的。

生：选择B。

师：这道题，我有一些补充说明。安利柯自己是否有这种想法呢？（生：有！）正因为他自己有这种想法，父亲给了他一张纸条，所以促成了他送小火车这件事。

生1：下列哪些不是奈利的保护人？A.弗兰谛；B.卡隆；C.斯代地。

生2：是A、C。

师：这个题目出得有点难度，它是一道多项选择题。所以我们在读书的时候还要更为细致。

生1：你觉得安利柯的父亲是一个怎样的人？

生2：他是一个重视教育的人。

生3：他是一个大方的人。

生4：他是一个善解人意的人。

生5：他做事的时候都能够考虑到别人的心情。

师：也就是"善解人意"。你对这些回答满意吗？（询问生1）你的想法是否与他们的一致呢？

生1：是的！

我们身边时时刻刻都存在着阅读的媒介：电视、电影、报纸、杂志……但是许多时候，我们都是被动的，毫无理性地去转变为自我的知识。而学生对阅读材料的反应又往往是多元的。因此，教师在进行阅读的指导（引导）时应尊重学生在学习过程中的独特体验。教师为了体现出学生阅读的自主性与创新性，让他们自己通过阅读质疑，这实质上是让学生"更多地直接接触语文材料"，让学生关注自身与别人不同的学习需求，产生一定的好奇心，激发自身的求知欲，调动学习的主动意识和进取精神。在此基础上，学生相互之间通过合作，全面提高了阅读能力，培养了主动探究精神。

3

"阅读应当成为吸引学生爱好的最重要的发源地。学校应当成为书籍的王国。"（苏联教育家霍姆林斯基《给教师的建议》）"课标"中明确指出：阅读教学"应让学生在主动积极的思维和情感活动中，加深理解和体验，有所感悟和思考，受到情感熏陶，获得思想启迪，享受审美乐趣"。有教师教学《爱心树》的绘本阅读指导就是"利用阅读期待、阅读反思和批判等环节，拓展思维空间，提高阅读质量"。

> 师：读完这一绘本，我们要学会掩卷沉思。能告诉老师，你印象最深刻的一幅画面是什么吗？
>
> 师：读完这一绘本，我们要学会掩卷沉思。能告诉老师，此时，你最想表达的感受是什么吗？
>
> 师：读完一本书，我们要整理一下自己的感受，可以是收获，也可以是困惑。这就叫阅读后的"回味"。【板书：回味】

小学生具有丰富的想象力，对新事物敏感。老师在教学过程中，充分利用学生自我的思维意识，依据阅读《爱心树》的学习情况，启迪学生去思考，发展他们的语言和思维。而儿童"阅读"的最大意义是娱乐，是体验的艺术，在这个过程中，会发生伴随性质的学习，即接受思想、知识方面的教育。老师的问题"你印象最深刻的一幅画面是什么""你最想表达的感受是什么"就是让学生完善自己的"阅读情感"，提升自己对"阅读"的内化。

> 师：在你的生活中，你拥有属于自己的"大树"吗？
>
> （学生交流、讨论）虽然你们还很小，但是，老师相信，在我们的班级中，一定有同学已经是别人的"一棵树"。你有过做"树"的经历吗？
>
> 师：读完一本书，我们还要学会由"书中人"想到自己的"身边人"，由"书中事"想到自己的"身边事"。这就是写作文时的"联想"。【板书：联想】

有老师说："读书是吸收，是继承；实践便是创造，是超越。"

老师不但注重学生"阅读"的内容，还引导他们将"阅读"延伸到生活中，将知识与能力——"想象"结合在一起。学生在阅读的过程中，通过想象"向往美好的情境，关心自然和生命，对感兴趣的人物和事件有自己的感受和想法"。在"阅读"中练习实践并掌握运用语文规律。

师：有了回味，有了联想，我们就会把一本书读"长"，我们的作文就会有丰富的素材。今天，我们还要更进一步，学会把书读"厚"，给自己的作文提供更多的素材。【板书：想象】优秀的作品常常会给我们留下许多想象的空间，绘本更是如此。它的魅力不只在文字，也不只在图画的有限空间内。用心去读，你会发现，在画面的背后，在文字的背后，还有许多值得我们咀嚼的内容。这就叫"想象"。你会在阅读中去想象吗？（老师引导学生想象画面：于是，男孩坐下了）"坐下了"，简单的三个字岂能表达此时男孩的内心世界。想象一下：此时的男孩已经是白发苍苍，一身疲惫；此时的男孩就坐在这棵原本挺拔的老树墩上。

此时，男孩也许在回忆……（点击出示：他也许在回忆……）追问：他会回忆什么呢？

此时，男孩也许在向大树倾诉……（点击出示：他也许在向大树倾诉……）追问：他会在倾诉什么呢？

此时，男孩也许在……（点击出示：他也许在……）

【追问，但不提问，给学生思考的时间与空间】

拿起笔来，用一两段话把自己的想象写下来。

老师极为注重学生的"阅读体验"，在整个阅读教学过程中，他以"读"为基础，将"读"体现在每个教学环节中，贯穿于整个课堂教学的始终，同时也让学生通过"阅读"搜集处理信息、认识世界、发展思维、获得审美体验。通过"阅读"积累知识，转化能力，不但要求学生动口、动脑，而且要动手，将积累的"阅读语言"形成"语言仓库"，"丰富语言的积累，培养语感，发展思维，使他们具有适应实际需要的识字写字能力、阅读能力、写作能力、口语交际能力"。

第 三 辑

心若年轻，则岁月不老

梅上枝头，心上柳梢

1

每日清晨，我都会从那棵树下走过，她也会轻摇枝丫跟我打着招呼。

相视一笑，各自安好。

一日又一日，时间就在你看我、我看你，你回眸一笑、我嫣然一笑之中慢慢度过。改变的是你我的装束，不变的是我上台阶、过一段时间又下台阶，你低头看我、过会儿又抬头凝望。

就这样，旭日升了又升，夕阳落了又落。

直至有一天，我走到台阶的尽头，探头窥视了你一眼，诧异你已如此之美：你的脸庞一片粉红，你的衣襟满是粉红，你的衣袖满是粉红，你的裤管满是粉红，粉红、粉红，到处都是粉红，甚至四周洒满了粉红。

你是想表白却又羞于出口吗？我问。

你没有言语，笑了，笑得灿烂如花，落了一地的粉红，如同旭日升起时那娇羞的脸庞，又似落日迟迟眷念大地时的眉目。

2

我不是不想你呀，只是没有时间去想念。

我也只能将那份思念折成一个纸飞机，用力地从平地扔向那无垠的空中，希望能趁着春风，将此捎去远方。

可心念还未起飞，便已坠入地面。

忍住，我没有落泪，没有心痛。

低头准备拾起纸飞机，忽然间看到了一瓣粉红，我的内心一阵惊喜。抬头看时，前面仍有一片粉红，我走近拾起，又有一片在前方，一片、一片、一片，如同一个一个的脚印，我踩着熟悉的痕迹走了过去……

还是那张脸——粉红的那张脸。

我手握纸飞机，轻轻地向枝头掷去。"呼"的一阵卷风，上了枝头。

你笑，粉色轻轻地洒下。

我笑，张开双臂，闭上双眼，亲吻着那一片片粉红的花瓣。

感谢你来了

1

狂风不停地敲打窗子，催促他早点歇息。

他点点头，继续埋头写作。

风无语。

它远远地看着我，摇摇头，走了。

说好今夜起风、下雨，结果失信，她能不伤感？从那个夏夜的月明时的果园一路狂追到冬日的暖阳，只是在街道的拐角被撞了腰，闪了情。

记得那个风清月夜吗？她问。

他没听清，因风在耳边刮过。

记得那个承诺吗？他问。

她没听清，因风在耳边吹过。

远远地，站在那儿不动的，是风。

从那个夏夜到了秋夜，一路相伴的是风捎来的那份情。

2

"排好队，分果果。你一颗，我一颗。"午后我来到了校区，期盼着你能来。

很是熟悉的那座校门，很是熟悉的那扇卷帘门，很是熟悉的那条走廊，很是熟悉的那间办公室。坐在办公室内，还没有来得及思考，你来了。

不是一个，而是好几个。还有，你带来了那丁香花的美食，这出乎我的意料。

感谢，你来了！

这是一个小团体，我很是享受这样定期的小聚会。本次聊的内容是"儿童文学作品的序列训练"。儿童文学作品是我们作为小学语文教师必读的，每一位都应该认真地阅读一些，感受一些，从而了解孩子们内心对这些文字的一些感触。

感谢，你来了！

这是一个来去自由的团体，你来了，我内心的那朵花儿就绽放了；你没有来，我就散去。没有牵挂，也没有念想。聊的过程中，大家你一言我一语，着实改变了"一言堂"的状态。在交谈的过程中，你说了我的不足，我说了我的理解。这就是长进，这就是坦诚。

3

雨下了一夜，落英缤纷。

那是发生在昨夜的事。

清晨，雨"滴滴答答"地敲打着窗台外的晾衣架，演奏着春之舞曲，似乎也是一首振奋人心的集结号。

昨夜雨打芭蕉的故事是否可以重演？

难以说清。

每天都是新的故事上演，上演的故事过去了也就过去了，如同昨夜的那一汪汪的春溪，溜走也就溜走了，没有丝毫的留恋之情。

芭蕉叶已经垂落在小区花园小径的中央，有一些叹息声，不知是被昨夜的狂乱暴雨淋得情绪烦躁，还是禁不起如此这般折腾，或许还是自身有了许多伤感之事？

难以说清。

也许，什么都没有，只是看它的人，多了心眼儿而已。

路边花瓣飘了一地，樱花的粉色，桃花的嫩白，紫藤的嫩紫，还有椿树、小黄杨它们刚刚褪去了冬装，五颜六色落满了一簇簇、一丛丛。

人心是否也可以重演一遍以往的情结？是否也可以落英缤纷般地给自己五颜六色呢？或许可以装满，或许就是一个填塞。

难以说清，只要内心愉悦即可。

4

人生不就像昨夜的那场雨一样吗？等你不知晓时，那份狂暴，那份执着，那份清纯，来了就来了，走了也就走了。

等你发现时，你看不见它的踪影，只是耳闻心念。

等你平复时，它似乎又在悄悄地酝酿下一次与你的约会，酝酿下一次的那份狂暴、执着与清纯。

一切是否可以重新再来？

可以。

感谢，你来了！

心若不动，世界无恙

1

远处有一塔，是一座五层的石塔，有门有窗，似楼非楼，似古非古。走进看，塔呈五棱状，塔底四周的墙壁上刻着许多的文字。一块一块地阅读，原来是本来居住于此地的村民集资建造，以示纪念。

塔在，人心还在。

环顾四周，塔在，村庄早已不在，留下的是开发未成形的荒废的田地。

席间坐下，她指了指我盛汤的碗，说：一只破碗。看着飘着袅袅热气的碗，碗沿确有三道破损的痕迹，看似许多时日了。

没关系！这可是母亲的那只碗。我看着眼前她的碗，碗沿白白净净，闪着光亮。

小时候，散学回到家总是喜欢涌入厨房，看着那热气腾腾的白雾，扑打着、追逐着，稚嫩的欢笑声总惹得母亲赶我们走出厨房，生怕磕碰了灶台上的那只瓷碗。

盛饭、盛菜、盛水……都有那只瓷碗的身影。它不辞劳碌地一天又一天地干着活，在清水里不计其数地洗来洗去。

听得"稀里哗啦"的响声，母亲总会探头冲着厨房对我们说："小心点，不要磕破了那只碗。"嘴上应了，手上却仍旧是玩玩具般地"稀里哗啦"。

多次磨难，那只瓷碗的边沿有了微微的豁口。母亲没有责备我们，只是说："小心点，不要再磕破了这只碗。"嘴上应了，洗碗时，仍旧是"稀里哗啦"般快乐。

那只瓷碗的边沿的豁口日趋增大，母亲没有再用它给我们盛饭，反是她自己用了。

瓷碗上的花纹渐渐暗淡，碗沿也渐渐坑坑洼洼，母亲将它摆在了烧水壶旁边。那只不再盛饭的瓷碗承担了舀出滚水的工作。

不知是瓷碗的劳累，还是我的顽皮，那只瓷碗蹦跳着以一个轻盈的翻身跌落到了地面……

母亲没有责备我，默默地将瓷碗的碎片捡起堆在了窗台上那盆花土面上。凌乱的青花色彩与艳丽的花朵成了那片场地里的一道独特风景。

端起这只破碗，抿了一口清汤，碗沿三道破损的痕迹被我的手指遮住了：瞧，不破了！松开手指，那只碗笑了。

2

此刻，户外的小雨渐止，少有的安静。以往马路上的鸣笛声不见了踪迹，以往那犬吠之声不知跑哪儿去了，以往那三三两两寂静时分的争吵声也消失殆尽。

留下的就是清静。

傍晚，撑着雨伞，迈着轻松的步子，踏着水渍，向那个响亮的、约定的屋子走去，那里有朋友的相聚。

路上人来人住，看不清任何一个人的脸庞，也看不见任何一个人的表情，全身被湿漉漉的潮气包裹着，散发着黏稠的湿气。

　　许多天以来，路上总是遭遇一场又一场的灰蒙蒙，也总是借助一场又一场的雨水冲刷洁净。看不清前方的道路，如同今夜看不见对面来人的面容一般。虽不见，但远处的灯火阑珊处，依稀辨认出是我的目的地。

　　朋友们总是聚了又散，散了又聚，变换的是地点，不变的是友情。每一次的相聚，总能给我带来许多的未知，也总能给我带来许多的欢乐。

　　雾气迷蒙，总有散去的时候。雾气散尽，或许就是田园、小溪、池塘、山林融合在一起的美丽景致；或许是那一张张笑脸在田垄间招呼着；或许是阡陌交通，归于终点。

　　日子，来了，去了，明年还会来的。心等待，那是一种期许。向未来看看，一切都充满希望。也许人生就是那如雾般的迷离，敞开心扉，迎来的就是豁然的亮堂堂。

心若年轻，则岁月不老

1

小时候，我们无忧无虑地生活在父母的身边。男孩子总要帮父母去放鹅、打猪草，稍稍做一些体力活儿。当然，最多的时间还是在玩耍。女孩子总喜欢帮助父母做着一些力所能及的家务，也喜欢花花草草。那玩乐就是最初的性情，脸上始终是洋溢着欢乐的笑颜。

中学，学习、考试、看书就是这时期的选择，没有多余的思考。有的就是进取再进取，所有这些也不失为人的"初心"。一个不是很热的夏季，我来到了一处陌生的地方求学，有了男伙伴、女伙伴，大家开始了"一本正经"的各项技能的训练，为的是以后能走上教师这个岗位。简单的心思，目标专一的功课，为的就是那一颗"初心"。

真正走上三尺讲台，多年后，发现自己那颗"初心"出现了怦怦直跳的节奏。原来是看到了周围与自己同时融入社会的年轻人有了荣誉、光环后，"心"是惊慌地跳动，并非怦然心动。

在生活的道路上，我们渐行渐远。因为环境的变化，因为年龄的变化，内心也随之变化，"初心"也成了"杂念"。这样的状态一直持续了许多许多年。"初心"一直在跳动中起起落落，也承受着更多的诱惑与无奈的抉择。

人到中年，我才清醒地摸了摸自己的心跳，按了按自己缘于心跳而勃发的太阳穴，寻找着那颗"初心"是否还在。还好，它仍旧在心里的某处，静静地、安逸地停歇着。

最初的愿望是什么？最初我想获得的是什么？可能什么都没有，也可能"初心"就是让自己成为一个简单的平凡人，过一次简约的人生历程，淡泊宁静是一种超脱的生活态度。

2

为了实现自己最初的梦想——能有那么一份属于自己打拼下的"事业"，能有那么一个属于自己争取得来的"地位"……他总是默默地、认真地做着属于自己的那一份工作。埋头苦干、兢兢业业、恪尽职守……这些词语，都能在他的身上体现出来。

在那个炎热的夏季，带薪休假的他在家乡听到了从遥远的南方传来的振奋的消息。那时的夏季带给他的不是汗流浃背，而是热血沸腾；带给他的不是高温酷热，而是激情四溢。

他想象着，憧憬着。

休假结束，回到单位，左等等，没有消息；右等等，没有消息。他怀疑当初传递的讯息，内心开始不安起来。最终，他还是打听到了结果：原来传递的只是一个初定消息，不是定论。

他由衷地发出了感叹：事在人为。也罢，顺其自然。也正如《戏梦》唱的那样："……他们说人生一场梦又何必太计较，青春正年少我应该大声笑，岁月如飞刀它刀刀催人老……"

每个人的青春只有一次，青春的"初心"不会随着年龄的增长而消失。"初心"暗示着自己要把握好自己的那颗"本心"，做自己喜欢的事情，做好自己应该做的事情，让自己变得善良、真诚、进取、宽容、博爱。

只要心不老，岁月将永远不会老，"初心"定会在一定的时刻
"爆发"。

3

"不忘初心，方得始终。"即，不要忘记人最初的那颗本心，也
就是人最初的那一颗与生俱来的善良、真诚、进取、宽容、博爱的
心。随着时光的斗转星移，一切自然都会拥有，善始善终。

每个人都是赤条条地来到这个世界，起初就没有什么所谓的追
求、抱负或理想。有的就是那颗存在于身体内跳动的"初心"。

心态决定幸福

1

他匆忙赶往车站，为的是去赴省城朋友们的约会。

车站门口，停妥电动车，购票上车，一路顺当来到了欢聚场所，见到了一群笑容满面的朋友。

坐定，谈谈话题，说说感受，心始终被欢乐包围着。

吃饭，漫谈，握手，分手。

回到原地，一摸口袋，没有钥匙，方才想起，那摇曳的钥匙显眼地挂在电动车上，可怜兮兮地遥望着匆匆离去的主人的背影。

就这样分手了，就这样一去不再相见了。

2

满大街地寻找，希冀能看到它的身影。

晚霞的红颜似乎是主人分手之后失落的怅然。

迈着有些沉重的脚步走遍了曾经熟悉的道路，看遍了千千万万来来去去的它的同胞兄妹，内心在急切地召唤着，想象着突然间它会出现。

这只是一个美好的幻梦罢了。

去了就去了，虽然心头满是伤愁。

3

没有了它的相伴，日子一下子成了另外的状态：早晨出发的路径换了，周围的景象也变了，空气似乎也有一些涩涩的。

他戴着耳麦，里面响着《老鹰之歌》，那来自高空飞翔的老鹰的叫声，空阔而高远，让人内心充满了愉悦。

4

又是一个明媚的早晨，暖暖的阳光照射在窗台上，闪着金光，散发着来自远方田野的气息。

他依旧准备好行囊，下了楼，走上了熟悉的道路。

来来往往的车辆，呼啸而过，突然有那么一个熟悉的身影从身边闪过。他抬眼一瞧，是它，错！不是它！是另一个"它"。它俩是那么相似。

又是黄昏时，他泡上一杯红茶，背靠在飘窗台上，看着远方的落日，缕缕的茶香溢满小屋。

忽然，他眼睛一亮，是它！错！不是它！是另一个"它"。它俩是那么相似。

5

晚霞在西边慢慢落下，正直对着他笑，笑得满脸桃红。

他戴着耳麦，里面同样响着《老鹰之歌》，那来自高空飞翔的老鹰的叫声，空阔而高远，不免有些怅然若失。

不变的是道路的模样，变的是没了它的陪伴。

他踱着步，向前走去，走过一匝又一匝的道口，有时间也会看看那一幢幢拔地而起的高楼，有时间也会闻一闻路旁那栀子花的清香。

依旧怀念曾有过它，没有它也不是那么糟糕。

它，也许是让他用来回忆的。

6

"你是××吧？"电话的那头传来一声绵绵的话语。

"是！"

"你丢失了一辆电动车吧？型号是×××？"电话的那头是不紧不慢、不温不火的话语。

心猛然一惊。为何如此熟知我的信息？

"你如果有时间，来派出所领取吧！嘟嘟嘟——"

7

又是一个明媚的早晨，暖暖的阳光照射在窗台上，闪着金光，散发着来自远方田野的气息。

他依旧准备好行囊，下了楼，走上了熟悉的道路。耳麦里面响着《老鹰之歌》，那来自高空飞翔的老鹰的叫声，空阔而高远，让人内心充满了愉悦。

心自净

1

薄雾笼罩的天空慢慢地暗下来,一盏盏从玻璃格子里闪现出的灯光五彩斑斓,那公共用地中的灯光更是温柔多彩,各式的霓虹灯在每家店户的门头上忽闪个不停:粉红的、橘黄的、荧光色的、蓝色的……

每每看到那如星星般的灯光,就想起天宇之上有过的一则则美妙的神话。

2

电动车坏了。来到修车点修理,线路整理好后,我告知龙头上的灯也不亮了。修车师傅摆弄着,下螺丝,拆灯罩,一切都是那么娴熟。拨弄着钥匙,触碰着细细的线丝,灯亮了。

"原本十盏小灯,现在只有四盏能亮。如何处理?"修车师傅抬眼问我。

"换一个吧。没有灯,夜晚骑车还是很危险的。"我应答着。

修车师傅拿出一个灯,告诉我这个灯很亮,有三个灯眼。

"只要能亮,照得见路,方便骑行就可以。"我笑着说。

时间不长，所有该修理的部位都修理好了。骑着电动车，重新上路，因为有亮堂堂的灯光指引，内心舒坦、顺溜了许多。

白天，我骑着电动车来来去去好几回。傍晚时分，天色将暗，猛然间发现深藏在电动车前篓下方的灯是亮着的。这是怎么回事？我试了几次钥匙的开关，无论是二档还是三档，它依旧亮着。

无论白天黑夜，它总是在"闪亮"地指引着。

3

晨起，推开窗，惊喜地发现屋外堆满了皑皑白雪，向远处眺望，那飞舞的雪花还在不紧不慢地落着。

整理好行头，我骑着电动车去往学校。一路上，朵朵雪花迎面扑来，乱嚷嚷地铺在镜片上，舍不得滑下。无奈，我摘下眼镜，眯着蒙眬的双眼，小心翼翼地骑到了学校。地下停车场内，我抖落全身的雪花，那一簇簇的雪花煞是惹人喜爱。

校园内，来的学生不多，雪花一层叠着一层，密密的、厚厚的，如洁白的绒被，又如炫目的棉花糖。整座校园都沉浸在洁白、纯净的呵护下。天空飞舞的雪花丝毫没有停歇的迹象，仍旧不紧不慢地叠加在地面。

踩在洁白的雪上，心中莫名地涌起一阵欢喜，不知是惊喜于雪的白，还是白的雪，只知这番景象带给我无限的欢乐。回头看看我走过的路，一窝一窝的脚印深藏在雪花之下，看着那来时的路，浮想联翩……

4

遥想当年。

我迎着朝阳，踏着乡村高低不平的小道，历经一个小时，走进了离小学最近的村庄——薛家嘴。这是一座人口并不多的偏僻小村庄。由西向东顺着村庄中的小溪向前迈进，踏过小溪上的青石板桥，在一片椿树的掩映下，我来到了村的东头。哎呀！没有路了！阻挡在我眼前的是绿油油的稻田。远远望去，学校的五星红旗在不远处迎风飘扬，因为是背朝北方，所以还看不清模样，只是内心有了些许的激动：终于要到了，那是我人生的又一起点！

定睛瞧了瞧，只有走稻田中的田埂了。近了，近了，我走到了学校的跟前：这里没有围墙，有的只是一排陈旧的瓦房；没有正规的操场，有的只是横穿学校的村庄小道；没有上下课用的电铃，有的只是悬挂在屋檐的三角铁架，一根小小的铁棒就是上课、下课的"指挥棒"……

时光流转，在那个大雪纷飞的冬日，来时还未见天空的雪花有多大，稍不留神，它们便铺天盖地地没了脚背。午间，我站在不平整的教室走廊前，看着那厚厚的皑皑白雪，内心的欢喜不禁涌了出来。其他人都是邻村的，回家吃午饭了，我一个人蹲在那简陋的办公室内凑着煤油炉在蒸煮着午饭。那蒸饭的雾气"噗噗"地往外溢着。

我站在玻璃脱落得差不多的窗子前看着来时的路，想象着回家时的情形。忽然，不远处出现两个人影，是那样熟悉。我定睛看了看，内心一阵欣喜，忙跑出办公室，转到墙角。

那是父亲和姐。他们深一脚浅一脚地迈着艰难的步子，身体左摇右摆，显得很是吃力。他们的身后是一串串深深浅浅的脚印，延伸到很远很远。他们说，下这么大的雪，他们不放心，走了近两个小时过来瞧瞧。听罢，我不知该如何作答，只觉不再寒冷，面前飞舞的雪花异常可爱，它们嘻嘻哈哈地追逐着……

我乐此不疲地在此地停留近一千多个日子。

5

心情渐渐平复，耳边又响起了校园内孩子们的嬉笑声。

依心而行

1

朋友去了一个新的单位，路途不远不近，声誉不大不小。可听过的、知道的人都从内心生发出另外的情感：佩服她的胆识，钦佩她的勇气。换言之，要是我，不会如此去做。

朋友的举动如同在那一潭死水中掷入了一颗不大不小、不轻不重的石子，激起的水花不大不小、不轻不重。

是"割舍"是"难舍"，还是另有隐情？我只能悄悄地对自己的"心"说了一句真诚、微弱的话语：因为放不下"心"，因为要将"爱"坚持到底。

2

人间四月天。

于是，我骑着电动车出门去追寻你的足迹。

那湖面漾起的波纹，是不是你给我传递的讯息？

那微风亲吻过我的脸颊，是不是你捎给我的问候？

那路途中偶尔绽放的花花草草的笑容，是不是你想与我轻声絮语？

……

纷纷杂杂，耳边只有轻柔曼妙的风声。其他，都没有。

我或许是思念你了。

3

沉寂，一点声响都没有，平日里从那宽大的缝隙里猛钻进来的风也不知去了哪里，就这样地静默了。

偶然，想起了远方的那点点的星辰，伸手却够不着它们，只好作罢。

独站于窗台前，那些枝条伸展着，要我看个够。我眼神真的向着它们时，它们却扭头，平展，不再看我，白白地平添了几分绿色。

耳畔响起那嗡嗡的、嘶嘶的窃窃私语，听不清楚，也辨识不明内容。侧耳细听，软语情怀，原是心底发出的私房语。

不承想，自己被"自己"不小心掏了出来，没有再存储起来，游离于虚幻的黑暗里。

那座小山，是不是也在夜的笼罩下睡了呢？那小山的茅草屋是否也在夜的笼罩下熄了灯呢？熄灯的人是否还是那个熟悉的身影呢？

那个小院，是不是仍旧还有铁门把守？是不是仍有一群轻狂的少年在里里外外地翻进翻出呢？是否还有那个守门人在一次又一次不厌其烦地大呼小叫呢？

夜，独行于自我的暗夜里。

4

请你静下来，听听一首歌中的片段。假使你不会唱，没关系，那就默默地读一读，让心能够听到你的吟诵：

……心会跟爱一起走/说好不回头/桑田都变成沧海/谁

来成全爱/心会跟爱一起走/说好不分手/春风都化成秋雨/
爱就爱到底……

说起来，"心"一直在那儿，不管你信不信。但，我们往往走
两步，再回头，却看不到"心"在哪里，还满地找。

5

你认为快乐的，就去寻找；
你认为值得的，就去守候；
你认为幸福的，就去珍惜。
做最真实、朴实的自己，依心而行，无憾今生。

第四辑

认识自己，幸福才会如期而至

香自来

1

"你在做啥？"易问。

"我在拾香。"槐说。

"哪儿有香？"

"喏。"槐将手掌伸平。

一股清香溢满鼻翼，易不由得微闭起双眼，情不自禁地说了一句"真香"。

"香吧？"槐笑了。

"过几天还香吗？"易又问。

"香呀！"槐继续蹲下身子捡拾着黄色的四瓣小叶。

"明日不是枯了吗？"易蹲在一旁看着。

"不会的。"

"是不是要用一个瓶子装起来？"

"不用。装在瓶子里，它的香气不就被封闭起来了吗？"

"那怎么办？"

"装在心里呀！"槐灿烂的笑容糅合着丝丝香气飘散开去。

2

"你在做啥？"光问。

"我在种花。"敏说。

"你不是开玩笑吧？"

"没开玩笑。"

"你明明是在挖坑，埋掉这些小花，怎么说种花呢？"光"扑哧"笑出了声。

敏没有停下手里小锄的动作。

"我也来帮你挖坑吧！这个我在行。"光伸出手。

敏挥了挥手，不一会儿，地面出现了一个小小的坑。她将收集在一起的飘满香气的四瓣小黄花一朵一朵捏起，轻轻地放到坑底。

"我来帮你填土吧！"光取过小锄。

"别！你会弄疼它们的。"敏一把夺过小锄。

"怎么会呢？不就是埋些土进去吗？"

"不是埋，是种花。"敏又重复了一遍。

"难道还会长出四瓣小香花？"

"肯定会的。不信，你闭上眼，猛吸一口气，心里是不是有一股香气在流淌呢？"

3

"你身上怎么这么香呢？"甜问。

"是吗？我怎么没有闻到呢？"宇说。

"你是不是喷了香水？"

"没有。我们是小学生，干吗喷那些东西呢？"

"那你的香味是……哦，我发现了。"宇踮起脚，从甜的头上取下一朵四瓣小黄花，"就是这股清香味哦！"

"原来，我是沾了她的光哦！"甜笑了。

"你身上还是有香味呢！"宇用力地嗅了嗅。

"是吗？"甜也用力地闻了闻衣服。

"你身上有书香味呢！"

"哈哈。"

"真的！香气四溢，如栀子花那样香。"

遇见·美好

1

"这是什么呀？"蒋老师看着苗小喵手里粉红色饼块样的东西问。

"这是腮红。"苗小喵歪着头笑着回答。

"腮红？"

"是呀，涂脸上的呀！"

"哦，懂了。就是涂在脸颊上的东西。"

苗小喵笑了，点点头。

"那你给我涂点看看。"蒋老师趴在办公桌上，央求着。

"不行的。"

"为什么呢？这不是涂脸上的东西吗？"蒋老师纳闷儿地问。

"这是女生涂的，不是给男生涂的。"苗小喵又笑了。

"那到底可不可以给我涂呢？"

苗小喵停了几秒，看了看蒋老师，埋头继续摆弄着腮红盒："可以的。"

"但我脸颊这里全是胡子呀！"

"不要紧，你可以把胡子刮了。那样就好涂了。"苗小喵一本正经地说。

"哦。"蒋老师也笑了，摸了摸自己的络腮胡子，"那怎么涂呢？是不是用手抹一点？"

苗小喵哈哈大笑，打开腮红盒。原来，腮红盒里面有多层。外壳是透明的，合上盖子可以看到粉色的腮红。她用力地拨开底部，一面镜子镶嵌在里面，还有一把塑料包裹的软刷子。

苗小喵小心地取出刷子，在腮红上刷了几下。继而，她又取出一张干净的白纸，刷子在上面来回地刷了几下："喏，就是这样刷。"

"那你给我刷一下吧！"蒋老师将自己的脸颊凑了过去。

"不行！这是给女生刷的，不是给男生刷的。"苗小喵又哈哈地笑起来。

"试试！试试！"蒋老师没有要退让的意思，脸还是凑在那里。

苗小喵没有办法，只得将刷子轻轻沾了点腮红。蒋老师高兴极了，将脸凑近一些。

苗小喵用刷子帮蒋老师刷腮红时，触碰到的都是一根根硬硬的胡子。她用力地刷着。忽然，"嘎嘣"一下，刷子柄断了。

苗小喵举着那一小截刷子柄，张大嘴巴不知说什么。她看了看腮边有一团红的蒋老师，哭笑不得。

2

吃过午饭，苗小喵晃晃悠悠地来到办公室。她一直笑嘻嘻的，快乐得似乎吃了蜜一样。

"今天中午吃蜜了？"蒋老师也笑嘻嘻的。

"嗯？"不知是回答还是不明白，苗小喵拖起了怪调。

"那是，得了奖？"蒋老师歪着头猜了猜。

"嗯！"是肯定的语气。

"是什么？"

"嗯？"苗小喵又是一句含糊的回答，不过这次她的头昂得高高的。

"哎哟，妈呀！明白了！明白了！"蒋老师看着苗小喵昂起的头，一拍脑门，"得到了老师的表扬！获得了一颗五角星！"

"艾玛？"苗小喵跑到了门口，左瞧瞧，右看看，见没有人，又回来了。她嘟囔着对蒋老师说："哪有艾玛？艾玛吃午饭还没有来呢！"

蒋老师笑了："我说的是'哎哟，妈呀'，口头禅，口头禅……你说的'艾玛'是谁？"

"'艾玛'是朱老师。"苗小喵指了指右手边空位置的地方。

"为什么叫这个名字呢？"

"她自己取的。"

办公室的薛老师走了进来，苗小喵有礼貌地喊了声"艾伦"，薛老师亲切地应答了一声。

"都是'哎'，那你是什么'哎'？"蒋老师问苗小喵。

"艾米！"苗小喵开心地喊了出来。

"到处都是'哎、哎、哎'的，看来，我也要'哎'一个了，要不然落伍了。"蒋老师边说边走出房门，不小心，他的脚崴了一下，嘴里"哎哟"了一声。

"你也有名字了，'哎哟'！"苗小喵捂住嘴"咯咯"地笑着。

3

"呀！今天怎么这副打扮呢？"蒋老师好奇地看着苗小喵。

苗小喵看着蒋老师，乐了，笑嘻嘻地站住，双手并放在裤缝间，头昂了起来。

"好看！"蒋老师竖起大拇指夸了一句。

"你看，我像谁？"苗小喵抿着嘴笑着问。

"像谁？我看看……像你妈妈。"蒋老师实在看不出来。

"再看看！仔细看看。"

"仔细看看？"

"仔细看看……我想起来了，像樱桃小丸子。"蒋老师激动地用手指着。

"樱桃小丸子？那是谁呀？"苗小喵噘着嘴问。

"就是那个日本动画片里的小姑娘。"蒋老师解释。

"错了，不是那个。你再看看，再仔仔细细地看看。"苗小喵提醒着。

"仔仔细细地看看……"蒋老师一会儿走近些，一会儿又走远些，一会儿眯着眼，一会儿又瞪着眼。

"看出来了吗？"苗小喵有些着急了。

"等等，马上就能看出来了。"蒋老师也有些着急，抓了抓头发。

苗小喵不再站在地上，她脱了鞋子，跳到了沙发上，左手朝前呈握拳状，右手高高地举起，双脚做出用力蹬跳的样子。

"这样呀！这好像有点像神仙的样子了，这会是……"蒋老师用手摸着嘴巴。

"手握钢枪，脚踏风火轮！"苗小喵边说边用脚踩着沙发上的纸片，"再想想，这是谁？"

"哦，想起来了！想起来了！"蒋老师激动地嚷了起来，"小哪吒！"

"对呀！对呀！我就是小哪吒！"

苗小喵得意地用手一挥。可能是用力过猛，身体稍稍一倾，倒在了沙发上。那张本来踩在脚下的纸片滑落到了地面。

蒋老师俯身捡起纸片，看到上面有"妖怪"两个字。

　　"你看，你这个哪吒是假冒的，连纸上写的'妖怪'都打不过。"蒋老师笑着将纸片递给了苗小喵。

　　苗小喵笑得更欢了。

来自哪里，去往何方

1

人，一旦愚钝，总是不知所言。我也不例外，总是有"胡言乱语""胡思乱想"的时候，也许那就是"不知所言"吧!

前几日，我邀请康一起乘坐铛铛车出门一趟，不知是否可行。

他也是满满地答应，我也喜滋滋地乐了几口。

筹划的那天来到了，可事与愿违——因为区内有重要的活动，封路，停运了游1，转而想去游2，上错了车，在城内晃荡了一圈，只好回到了原点。

那日的心情有些郁闷。

我们总是说：记得来时路，回到来时点。

这不，我就走了这么一遭。

其实，那日自己内心根本不知来自哪里，去往何方。我只看到了天空热辣辣的太阳和那迎面铺开的灰尘。

2

今日，得愿。

晨起，按照原有的计划，等候近一个小时，坐上了游1，进到了无想山森林公园内的无想禅寺。转了一圈，我们便走向了森林公园内的山间道路。

天空偶尔露出刺眼的阳光，但不影响我俩的心情。叽里呱啦聊着许多，天南海北、四方趣闻、鸟兽虫鱼、林间感知等话题随口而出。

无想山水库平静地躺在山林之间，那副悠然自得的神情让人羡慕不已。

我移步到水库边，看着它婀娜的身姿，欣赏着它美妙的脸庞，听着它呢喃的絮语，我也情不自禁地闭上眼，深呼一口气，感叹大自然的瑰丽，也忍不住拍摄它迷人的风采。

一前一后，我与康慢慢走着，谈论着健步的乐趣，欣赏着林间的风景，倾听着鸟语的召唤，踏过小溪口，迈过十字路口，与竹林擦肩而过，与山风迎面相拥。

前方传来阵阵诵经之声，我知晓那是无想禅寺老庙的声响，随着风传递过来的。

我俩加快了脚步。

豁然开朗之地，四周都是松竹，耳闻阵阵风声、涛声、诵经之声。

祥和。

3

心之所望，需要一段漫长的等待。

铛铛车在公路上一站一站播报着，窗外的风景一个接着一个地闪过。

风景总是在悄无声息地静候着。

走进村庄，很少看到人影，也很少听到欢腾的声音，一切都是静悄悄的。

　　顺着青石板路，走过一条又一条小街，偶尔踏上村中池塘的小岛，水中的鸭儿们欢喜地游泳，看到我们来到慌不择路地玩起了"你藏我找"的古老游戏——有潜入水中的，有在水面扑翅的，有"嘎嘎"直叫的，无论哪一种，都是表示它们满心的欢愉。

　　我们驻足欢喜地看着它们，兴许它们也是在欢喜地看着我们呢！谁知道呢？

　　一条条小道，一幢幢房屋，似乎都有说不尽的故事，但又有许多说不出的情缘，不说也罢，不了解也罢。

　　对于它们而言，我们只是匆匆过客，来了就来了，走了也就走了，无眷念之情。

4

　　计划没有变化快。

　　既然知道来时路，是否要去追寻一下"古老的故事"？

　　回来的路上，我们在中途下车，重新择路。

　　看到那座碑石，我说：不远了。

　　看到那个校名，我说：不同了。

　　看到那熟悉的街道，我说：冷清多了。

　　看到那条河流，我说：变小了。

　　看到那已经被夷为平地的地方，我说：不在了。

　　看到那幢墙壁爬满杂草的房屋，我说：过去了。

　　……

5

　　来自哪里，我清晰地记得，他也清晰地记得。

　　我们终究去往何处？我清晰地明白，他也隐隐地藏在心间。

并肩前行，忠于相伴

1

许多人都认为自家孩子是"私有财产"，该如何对待是"大人"们的"处置"或"处理"方式。有如此想法之后，结局往往与初衷是相悖的。

针对结果，有人常常发出一声叹息："花费了那么大的精力，一切都是为了孩子好，结局却是这样。"言语之中，包含了太多的无奈，也包含了太多的不甘心。问题究竟出在哪里呢？如果真的想弄清楚这样结果的"源头"，不妨温习一下出自《孟子·公孙丑上》的《揠苗助长》：

> 宋人有闵其苗之不长而揠之者，芒芒然归，谓其人曰："今日病矣！予助苗长矣！"其子趋而往视之，苗则槁矣。
>
> 天下之不助苗长者寡矣。以为无益而舍之者，不耘苗者也；助之长者，揠苗者也，非徒无益，而又害之。

最终，"揠苗助长"成了一个成语，比喻为急于求成，反而坏了事。自然界的植物都有各自的生长、生存的规律，"好意"地"帮助"禾苗"快快长大"，最终不是帮助它们长大，而是毁坏了"根基"，直至死亡。

植物如此，那么人呢？

人，何尝不是如此呢！

2

某天，孩子与妈妈一起出门喝喜酒，电话中告知：会照顾好妈妈，绝对不会闹矛盾的。

字迹还不是很工整，常常指出他的不足，唠唠叨叨的话语常常重复。但，他一直在努力写端正。

总是为了他的学业，习惯唉声叹气，他也害怕我发火，一直在劝我"会好的，不要生气"。

他是一个人，自然也会生气、发小脾气、做古怪行为、说言不由衷的话语、跑出家门不归……事后，他都能坦诚地承认自己的缺点。

只是，我们太过于急于求成，太过于追求我们内心那一份"好"。于是，什么等待，什么慢慢来，什么"牵手"一起，都成了脑后的一阵风。

手牵手，是大人的大手牵着孩子的小手，不是大人的大手拽着孩子的小手，更不是大人的大手拖着孩子的小手。

大手牵着小手，是传递一份爱意：无时无刻不在关注、关心他（她），无论风吹雨淋，还是酷暑寒冬。

大手牵着小手，是传递一份信任：不管贫穷富贵还是安逸艰险，都会相信他（她）能风雨同舟、攻坚克难。

大手牵着小手，是传递一份自信：不管是优秀还是平凡，都会鼓励他（她）写好自己的那个大大的"人"字。

手牵手，需要的是一份勇气，只有大人有足够的勇气，孩子才能坚强挺拔。

手牵手，需要的是一份责任，只有大人有十足的担当，孩子才能克难奋进。

手牵手，需要的是一份改变，只有大人平和柔然，孩子才能友善卓越。

牵，是引领向前。

有了牵手，才有并肩的可能。

有了并肩，才能同行，才能平等相待，相望相成，相伴永久。

假期就是自己的

1

假期再次来到了身边，虽然屋外下着暴雨，屋内的我浑身汗津津的，但内心还是快乐的，因为有了假期。

假期，可以专属自己。

曾经傻傻地"坚守"那份本不属于我的事务，为了没有名分的一堆又一堆的事务忙碌着。看似是快乐，实质是无聊的举动——事务都有分工，事务都有专属的"宗主"。

2

假期，可以用来快乐。

早些年，置换购买的房子正在装修，邀请了朋友帮助，断断续续地去看，内心感受着它一点一滴的改变。朋友今日电话告知：准备假期间完工，让我有时间去瞧瞧。

去了新房，朋友不在。我东看看、西瞧瞧，内心笑声不断。不一会儿，朋友来了，他开始了收尾的工作：丈量、烫管、接管……每一个步骤，我都在旁作陪，看着那一根根接起的水管，想象着今后出水的场景，一阵清凉溢入心间。

朋友结束了所有的水电工程，装好了试压仪器，我们离开了新房。午后，我出门巡视了许多水暖器材店：开关插座店、盥洗台面店、水龙头阀门店、照明灯具店……不懂的我就问，收获颇多，装满了许多的未知和已知。其间，也去了好几个已经相识、相知、相熟的橱柜店、移门店等朋友处，聊了我的想法，说了我的预算。

3

假期，可以用来消闲。

假期的清晨，我居然早早地醒来了，兴许是没有了工作的压力，夜晚反而睡得沉、睡得香。清晨，阳台上早早地就有鸟儿喜笑颜开地在鸣叫着。不再卧睡，迎着亮堂堂的阳光起了床，不急不忙、晃晃悠悠，全家怡然。

宋代朱熹在《朱子全书·论学》中多次提及课程，如"宽着期限，紧着课程""小立课程，大作工夫"等。虽然他对这里的"课程"没有明确界定，但含义是很清楚的，即指功课及其进程，称之为"学程"更为贴切。于是，我想象着自己的"课程"是否也可以"慢慢来"。学程（以学为主）——教程（以教学设计为主）——课程（狭隘的理解就是一门学科）：基于教师专业发展的《写作可以"慢慢来"》；基于儿童自我能力拓展的静态、体系的"写作慢慢来"；形成对"语文"内涵的把握，形成"慢慢写"体系的小说创作，在不知不觉中吸收、内化"写"的功能。

每到假期，我都会"慢慢来"，做些规划，即使完成不了，也给自己"填充"一下。

4

假期，可以用来欣赏。

转弯向南，进入一段新通的马路，不算宽敞，但平坦。前些日子，路上隔一段就被挖开了一口口不大也不小的深坑，据说是埋设下水管道的。来来往往的车辆到了这段路程，自觉地减速。我骑着电动车在这条道路上游刃有余。

丁字路口原来没有红绿灯，人流量很大。记不起是哪日，我远远地就看见了那忽闪忽闪的三只"大眼睛"，指挥着来往的行人与车辆。

向左，那是秀园路，东西横向，首尾距离也就一千米，前后有三处红绿灯。骑骑、停停，这也是生活节奏的一部分。

秀园路的东头是城市雏形时的二号公路，现在它终于有了属于自己的学名——秦淮大道。我猜测着这个名字的来源，可能是与来自秦淮源头之一东庐山的那条河流横穿过这条道路有关吧。秦淮大道从北到南，是这座城市东面的主干道。

骑着电动车行驶在秦淮大道，我可以欣赏两边那一天一样的新住宅小区塔吊的增高；可以感受呼啸而来、呼啸而去的各式汽车；可以放慢速度，欣赏那路边四季的花花草草……春，有一簇簇黄色的迎春花，还有翩翩起舞的蝴蝶留恋其间；夏，有阵阵的热浪扑面而来，还有"滴嘟滴嘟"的洒水车喷射的清凉水雾；秋，有一片片落地无人问津的树叶相伴，偶尔被风吹起，随车飘舞，如同追风一般，煞是好看；冬，有朵朵的雪花落满肩头，晶莹剔透。

假期，就是属于自己的，拒绝一切外来的纷杂与滋扰。

说了，听了，又收获了。

时间就这样在奔跑过程中过去了。

内心强大才是真正的强大

1

孔子周游列国14年，并没有遇到真正能够发挥自己才能的舞台，更多的是逆境与煎熬，被人冷落，被人算计，甚至如同一只"丧家犬"……但，孔子没有气馁，将自己激励为"巨人"、忍辱负重、不悲观，以笑化解一切的困境，他的思想和理念像种子一样撒满了各地，让他拥有广泛而深远的影响，他的弟子们也得到了全方位的训练，为后来的人生历程打下了坚实的基础。

这是吴甘霖先生《把心练强》的记录："人生是一个不断接受挑战的过程，心灵越强大，人生越美好，世界越广阔。"吴甘霖先生是著名的自主管理教育专家、方法学家，也是一位畅销书作家。他历任《中国青年报》资深记者、香港中华文化传播集团副总裁等职，出版了30多本著作。《把心练强》是"亲爱的孔子老师"丛书的第二部作品。

我们坐在教室内，相同的老师、相同的学习内容，别人取得优异的成绩，内心就生出嫉妒之心，不与之交往。当别人在学习或生活中遭遇到一点点的"挫折"时，我们有时还会讥讽、挖苦别人，说一些难听的话语。这些，都是自我内心的"懦弱"生成的。要拥有"强大"，需要的是修炼"心境"。孔子的侄儿孔蔑与孔子的弟子宓子贱几乎同时为官，针对"自从你做官以来，有什么体会""你得到了什么？失去的又是什么"这两个问题，两个人的态度截然相反：孔蔑唉声叹气、悲观失望，宓子贱却是信心十足、欢乐开怀。之所以有如此的结果，关键在于孔蔑和宓子贱面对同样的处境时态度的不同，"境由心造，云随心转"，也正如本书中总结的那样："背对太阳，阴影一片；迎着太阳，霞光万丈。"

要想拥有强大的内心，首先就应有一种积极向上的心态。

2

内心强大，并非"强求"，而是要战胜自己，超越自我。在现实生活中，我们常常看到一些"强势"的场景：双方为一点鸡毛蒜皮的事情，发生口角，互不相让，非得争个"对"与"错"。

究其原因，只有一点："我要占上风！"

我们也常常看到小伙伴间发生了言语冲突，甚至发生了肢体的对抗。在解决问题时，双方总有各种理解，还会口口声声说着："是他先动手的，我是为了自卫！""我吃亏了，当然要将吃的亏抢回来！"等等。

吴甘霖先生结合孔子的事例，给出了这样的结论：即使最出色的人，也有自己的缺点，也会犯错误。当别人指出我们的缺点、批评我们的时候，我们怎么能不接受这样的"雕琢"呢？孔子有句名言："小不忍则乱大谋。"要做到"忍"，要向自己挑战，不向自己的缺点妥协。所以，孔子又说："过而不改，是谓过矣。"有了过错而不改正，这才真叫错了。知不足，然后才能有所长进，这样"内心"才能足够"强大"。

由于奸臣的谗言，孔子在列国做官、实现远大抱负的希望一次又一次破灭。每一次，孔子都是那么坦然，并告诉弟子们："君子坦荡荡，小人长戚戚。"是不是作为君子的孔子没有忧虑呢？吴甘霖先生是这样记录孔子的话语的：

"君子没有忧虑。因为，君子重视品格和理想，时刻都在修行。在求道过程中，时常会有觉悟，并乐在其中；而当亲身体证到圣贤教诲后，又乐于将所得到的道德学问在生活中巧妙地运用，随意自在。因此，他有终身的快乐，而没有一日的忧愁。"

"小人正好相反，他们总是对名利等患得患失。在没有得到的时候，一直担忧，希望得到；得到了之后，又唯恐失去。所以小人有终身之忧，无一日之乐。"

这些话语，也验证了孔子所叙述的"强者"的概念：知（智）者不惑，仁者不忧，勇者不惧。我们不怨天尤人、不"长戚戚"，相信"命运为你关上一扇门"时一定会"为你打开一扇窗"，豁达、开朗地面对一切，才能真正练大、练强内心。

认识自己,幸福才会如期而至

1

栗是一位活泼的年轻女教师,同时也有着强烈的进取心,每时每刻都在努力地履行着自己作为一名小学教师的神圣职责。

她认真地进行着教学工作,严格地管理着学生的行为,常常为点滴小错而训斥孩子们,她的"用心良苦"没有得到学生与家长的认可:孩子们的学习成绩不理想,对于学习语文失去一定的信心,还有可能产生了一定的逆反心理;家长往往计较她的做法,甚至在学校领导的面前对栗的做法指手画脚,说三道四。

《蝶恋花》中的语言表达出了栗此时此刻的心境:"我"登上高楼眺望更为萧飒的秋景,西风黄叶,山阔水长,仿佛世间的一切都已经浮云过世。按照王国维的思想,这些都是人在成长中所必然经历的一个"蝉脱壳"的阵痛过程,同时我们也不要忘记王国维教授我们的深层含义:"做学问成大事业者,首先要有执着的追求,登高望远,瞰察路径,明确目标与方向,了解事物的概貌。"

这里有一个关键之所在"明确目标与方向",并且"了解事物的概貌"。

栗后来改变了自己教育教学的策略:在与学生说话时,尽可能地做到以"心"去感受"心"，经常收集学生的闪光点，特别是学生在写作中表现出来的点滴进步，她也没有忘记分析自身存在的优缺点，重新规划自己的发展目标，重新定位自己在学校中的位置，重新确定自己的专业发展趋势。

在日后的一段时间内，栗重新获得了家长的信任。那是一个风和日丽的日子，家长手握着栗的手，问长问短，相互间有的是喜悦和欢笑。

2

多年之前，我开始了自己教育教学的"研究"。说是"研究"，实际上是想让自己知识更丰富，同时也想使得自己的教育教学有一个思想上的支撑。在那段岁月中，我浏览了图书室所有的报纸、杂志，为的是给自己一个明确的思想定位。

我相信，只要自己努力，即使是笨拙一点也会有收获的时候。

在初涉写作的时候，我仅仅是依靠着自己从报纸、杂志上得来的一点点灵感，加之自己的教学实践，便大胆进行了一些尝试，当初没有任何人教授我怎样去做个"写手"，只是在寻找着适合自己的写作方式。

为了使自己能够在短期内有一个较大的"飞跃"，我模仿了许多作者的思路写出了自己的许多涂鸦之作，感觉是那样的欣喜，毕竟自己也在做着（别人所没有注意的）"写手"。

我看书的时候，经常喜欢在我的记录本上记录一些自己认为对于写作、教学有帮助、有用的文字。我常常对着这些摘录的文字发呆，痴痴地笑着，想象着自己也在玩弄着文字游戏，一不小心，有一天我的"文字游戏"也在别人的关注中得到了展示。

想象终究是想象，我一如既往地、认真地研读着所有的报纸、杂志，汲取着其中的精华部分。日子一天天地在茫然中度过，住校的我由于没有什么其他的爱好与本领，大多数时间都是在学校的集体宿舍中一个人默默地在沉静中享受着自己内心的那份"心安理得"，总感觉自己收获颇多。

3

历经千辛万苦，该有的都有了，回过头来，却发现自己追求的东西其实并不是现在拥有的，自己需要的东西，不过是温馨和平静的生活而已。

唯有认清楚自己，才有方向；唯有认清楚自己，幸福才会如期而至。

随岁月静养

你若爱，生活哪里都可爱。

你若恨，生活哪里都可恨。

你若感恩，处处可感恩。

你若成长，事事可成长。

——丰子恺

1

开学了。

康的生活就步入了正轨，无论是早起的时间，还是晚上回到家的第一件事，或是做完作业之后的事务，他越发了解自己下一步要做什么。每周星期一到星期四都是按部就班地进行着，没有让我提醒过一句。

星期五。

康背着书包，"哐"的一声冲进家门，身上的书包显得越发沉重。进门后，什么话也没有说，将书包撂在了客厅的沙发上，整个人躺在沙发上，斜着眼睛看着周围的一切，包括我。

我没有说什么，只是默默地看着他。

他站起身，并没有将书包拎回自己的房间，而是去了厨房，看看他妈妈在做什么菜，倒了一杯水，依旧躺在沙发上，有滋有味地喝着。

喝完水，杯子也没有送回厨房，而是顺手摆在了客厅的茶几上。继而，康在厨房和客厅里找起了零食，全然没有动身去自己卧室的意思。

在客厅的沙发上坐了一会儿，可能觉得有些无聊了，回到了自己的卧室，书包没有拎进去。

卧室里，他更加放松、自在。坐在床沿，拿起那个根本没有卡，也上不了网的手机拨弄起来，低头不语，神情专注。我知道，他又是在将手机的程序删了装、装了删，甚至还开发一些新功能出来。拨弄了一会儿，康似乎觉得手机也就那样，随手一扔，床上多了一个黑乎乎的"斑"。

康坐在偌大的书桌前，摊开这个，翻开那个。少顷，书桌上就一片狼藉了：纸屑、线头、笔套、尺子、学案、书本等——一个小型的卖货场！

康坐在椅子上，没有挪动，安安静静地待了好一阵子。

我在客厅提醒着："你今天回来可没有做功课哦！"

"不做！"卧室里传来了回答。

"怎么不做了呢？"我接上话。

"今天是星期五。"又是不长不短、不紧不慢的一句。

"你开学前不是说，每天回来都要做作业吗？"我回顾着康假期做的那些承诺。

"那是星期一到星期四，今天是星期五。"他重复强调"星期五"这个词。

"星期五怎么了？星期五也要做功课呀！"我有些不解。

"上了一个星期的课，今天是星期五，不做作业，明天做。"康终于说出了为何不做作业的第一条理由。

"早做早歇呀！"我还是接着话题说着。

"明天、后天时间多着呢！"康从卧室内走了出来，"我明天会将所有的作业统统做完，然后星期天复习、预习。这样安排不是很好吗？"

我不知道该说什么了，只是一个劲地说着"早做早歇"。

星期五，等待了一个礼拜的日子，不单单是孩子有这样的期盼，我们也有。孩子的妈妈走过来插了一句："今天的任务完成了，后面的时间不是更多吗？不是更好的安排吗？什么事情都要紧在前面，不要总指望着'明天'。"

康一听这话，生怕我们又要念叨起《明日歌》，就"哎"一声走回了卧室，再也不理睬我们了。

星期五晚上终究还是没有做功课。

2

前几日，朋友帮忙找到了方——戴着宽宽的眼镜、不善言辞、纯朴踏实的男人。我曾私下与他交流过，感觉他在做事上有自己的独到见解。

之前，孩子一直在问我什么时候能与方来一次沟通、交流，我总是说"快了快了"。不管孩子有何想法，能有一种主动、积极的"向往"就是一个好的开始。

晚上六点半，我们匆忙吃完晚饭，方来了。相互介绍完毕后，他俩进了书房，我掩门而出……时间总是过得很快，第一次交流结束了。我挽留方聊聊孩子的状态，他描述了第一感觉：接受能力很强，一番话语瞬间明白方向，无须重复多遍。当然，接受能力强并不意味着学习能得心应手。

平时，孩子总是对学习过程中的"疑难杂症"怀有畏惧心理，久而久之，思维便不再活跃，对解答最后的提升题主动性不够。方也说最根本的就是要去除内心的"障碍"，这样才能真正解决问题。

送别了方，我又与孩子做了简单的沟通。他对于老师的谈话内心是愉快的。我也希望通过如此形式的交流，让孩子在原有的基础上有所突破，不单单是在分数上，更重要的是在自己的心坎里树立起自信。

安静地、有些缓慢地一点点进步。

3

所有的这一切都已经成为过去，成了回忆。记忆之中，我常常轻轻地嗅着那柔柔、缕缕的芳香。我也常常在午后，泡上一杯茶，端坐在书房，看着窗外的高楼，任由思绪慢慢地溢出，飘向远方。

在那个即将到来的岁末，我不知为何天旋地转、呕吐，等我稍稍有些缓过神来，发现自己的右耳听不到了。恐慌之下，我不知该说什么，似乎也说不出什么。

接下来的事情便是去医院，住院、检查，然后便是卧在病床上静静地输液，静静地休息，日出日落在病房的窗台上悄悄滑过。

等自己下床走动时，发现行走路线居然不再是直的，内心一阵惊慌：咋了？医生告知：突发性耳聋、眩晕、呕吐导致走路平衡感失调，只有慢慢地去适应、调养。

一周的住院结束，医生让我出院，嘱咐我回家好好静养，只有静养方能有成效。这个病不能急，不能躁。

于是，我回到了熟悉的家。

每日，安安静静地躺在卧室的床上，闭着眼，晒着太阳，偶尔会看看书，偶尔又闭上眼睛小睡一会儿。

不愿意做什么，只想享受自己片刻的休息，那是康的简单的想法。现在想来，未尝不是我的想法。

静静地让自己休养，为的是积蓄下一路程的力量。这，或许就是一种快乐。

　　不去想自己的右耳是否能够恢复听力，也不去想身体恢复的时间是长是短，就那么静静地让自己休养。这，或许是我的另一种快乐。

　　静静地，就是那么静静的。

自己找"自己"

1

小H，一个总有许多这样那样、花样百出的事情的孩子。他总是不知疲倦地玩弄着手中的东西，即使没有了东西，他也会制造出一些"事端"，然后再找一找乐趣。你瞧，他又来了。

午休时间，别的孩子都在自己的座位上安安静静地温习功课。我抬眼一看，抬头四处张望的就他一人。见我看他，他慌忙将头埋下，装作看书的样子。

我笑了笑，没有理会，站起身，在教室里走来走去，只是视线始终没有脱离小H。他倒好，不时抬头看看我在哪里，有时还故作茫然地四处寻找我。

我故意站在他身后，他用眼神偷偷地瞟着我。

我悄悄地耳语："在身后呢！"

他咧着嘴笑笑，似乎说：我知道你在我身后。

我也没有说什么，只是轻言轻语："要真认真，不要假装认真。"

几次你来我往的"较量"中，小H不再与我"躲猫猫"。复习期间，他倒是认真了许多，课堂布置的练习，他大多还是按照规定的时间完成。不过，仍旧有一些习题不做，我知道，那是"懒散"的习惯造成的"遗留"。

我对他说："你是一位聪明的孩子，只是你没有将心思放在自己的学习上。如果你认真去学，相信你一定会和其他人一样优秀。"

2

小J，小小的个子，每日上课总是很是随意——有时歪着身子听我讲课，有时将腿脚搁在屁股底下坐着。无论哪种姿势，她的眼神总是紧跟着我的节奏，课堂上没有忽略自己的存在。

课间，小J遇到我，总是亲热地跑过来，从我身后紧紧地将我抱住，如我的孩子一般与我玩耍，也常常跟我借书看。起初，我总带书给她。后来，她再跟我借阅，我拒绝了。因为小J看书热情高涨，以至于我布置的作业（甚至考试卷）都无暇顾及，总是留一些"空白"让我去填充。

学期末将至，在教学楼下我们俩相遇，她睁着大大的眼睛，与我说长道短，我很愉快地跟她交流着。我要去办公室，她说："好吧，待会儿见！"

我并没有大踏步离开，而是稍稍停顿，说："我希望你能够认真，像你看书那样认真地去对待自己的学业，相信你一定会很棒哦！"

小J点点头，向我挥了挥手，回教室去了。我知道她一定会努力的。

每个人都有自己的不足，也都有惰性，只要我们在自己的主业上尽力，那就行。

天助自助者

1

紧张的考试结束了，康终于可以小憩一下了。高频的每日训练也让我们看到了他的努力与坚持。

吃完饭，康与我们有了一段小小的对话。

"爸爸，明天我去省城一趟！"他等着我的回话。我知道，他内心其实早已做好了决定，只是出于尊重，向我们说明。

"去省城我不是很赞成。"我说着自己的意见。

"为什么呢？"他显得有些失望，显然没有得到他想要的回答。

"你去省城的目的不明确。而且，你去会面的这个同学我也不是很了解。"我直白地说着自己的担忧。

他依然坚持着自己的意见。

"如果你坚持去，人身安全第一。同时做好自己的安排。"我建议道。

他发觉我的语气明显放松，满意地"哦哦哦"地承诺着。

孩子有孩子的想法，孩子有孩子的做法，孩子有孩子的独立性。后来，他也唠唠叨叨地说个不停，总的意思是自己有完美的规划。我也唠唠叨叨地说个不停，总的意思是希望他能取消这次的行程。

最终，我们都没有说服对方。

为了保证有足够的信息渠道，康的妈妈将手机临时借给了他，让他与我们保持畅通的联络。

临行前，我依旧尝试着让他打消去省城的计划，但被拒绝了。出门前，我告诉他："我会一个小时跟你联系一次的。"

吃罢午饭，我打了第一个电话，他告诉我，已经在车站。

下午一点钟，他告诉我正在去往省城的车子上。

下午两点钟，他告诉我正在地铁上。

下午三点钟，他告诉我在朋友的家中。

下午四点钟，他告诉我准备回家。

下午五点钟，他告诉我已经到南站。

傍晚六点钟，他告诉我在回来的车子上，已经到了区内地段。

晚间七点钟，他来电话，问是否可以去车站接他。我立刻出门，骑着电动车来到车站，顺利接到他。

康，显得很淡定。他坐在电动车的后座上，一路上与我说了感受。他也表示同意我最初的建议：出门要思考好，要有明确的目的，否则就是浪费时间，毫无意义。

2

这是他第一次单独去省城，我的内心还是有许多顾虑，但最终还是同意。因为孩子未来还是要走出家门，去更广阔的空间学习、生活，更多的是需要独立面对，如同这次面对的状况：

如何去乘坐地铁，过了站要去寻找新的线路。

打了车，如何才能准确地到达朋友家。

感受到朋友的"不友善""虚情假意"，从而知道事事并非自己想象得那么美好，那该如何面对尴尬。

在乘车的间隙，是否可以有其他安排。

......

这些问题，都是需要独自一个人面对和解决的。

"以后，我无论去哪里，都要事先周密地思考一番。"这是康到家时与我说的一句话。

心是一块田，快乐自己种

1

人，都有七情六欲，甚至还怀揣着"朝思暮想""想入非非"的离奇之念。这些都属于个人的情欲所致，无可非议。

好友徽，外表愚弱，内心澎湃。

路途之中，日起月落，月落日起，生活终究是那么平淡而执意地向前奔走。多年，她的故事中终有那么一位"影子"跟随。

影子说：徽，你就是那么一个愚弱的人，很早很早就是如此。你从没有给过我惊人的印记。

徽从没有将影子的话语放置心间，因为她坚信：自己的路都是靠自己的脚去走出来的，并不是影子给提示出来的。虽然，影子似乎是在召唤着徽，似乎是在警示着徽，但影子的脸庞早已暴露了它不愿为人所知的晦涩心迹。

多年来，每个人擦肩而过，徽与影子也是如此过活，只是影子的影子更加晦暗。再次见面，影子的面目已经狰狞不堪，它似乎有吞噬徽的情愿。

徽告诉影子这样一个故事：寒冷的夜晚，某人寄宿在姓郭的门下，有一个没有住处的妇人也来投宿，某人怕妇人在这个寒冷的夜晚冻死，就让妇人坐在他的怀里，解开外衣把她裹紧，同坐了一夜，相安无事。此人就是柳下惠。不乱于心的是"心"，影子又能奈何？

影子灰灰地成了扁形，消失殆尽，隐没于土。

徽，仍旧是那个外表愚弱、内心澎湃的人。她照例每日迎着阳光出门，踏着夕阳进屋，灿烂时刻挂于脸颊。

心想事成、心知肚明、心明眼亮、心中有数、心照不宣、心领神会……这些是带"心"的话语，如果在网络上搜索一下，会有更多的"心"随之而来。

每个人思考、行事都是依据"心"而为。

2

小时候，我在同院的小伙伴中算得上比较大的。于是乎，一呼百应的现象也常常发生。爬树、摸虾、翻墙等事情，说起来都有我的份，躲不过大人斥骂将责任说成在我的不在少数。

"名气"就这样传扬开。可能年少无知，我依然我行我素，没有停歇的时刻。童年时期，我与小伙伴们还是快乐地成长着。当然，那些日子里，我们没有少挨父母的训斥。

一晃经年，过了青年，到了中年，经历了许多事情，习惯了听之任之、随大流，明明有的事不是自己所愿，也顺了，理由很简单：随他去吧，服从管理，没有错。

不再听从"心"意，随了世俗。

名利诱惑，永远是迈不过的坎儿。许多人在这道坎儿前摔了无数遍，爬起后仍旧义无反顾地再摔一遍，直到鼻青脸肿。

选择一种职业，我们是不是只有一条道走到头儿？是不是只有一种专业的发展？肯定不是，因为每个人都是独立的个体，每个人都是天物造化的，都有着自身的能量，只是有时忽略了自身的小宇宙，忽略了自身生存的状态，茫茫然间随了大流。

　　我认识了几位远方的好友，如果以职业的标准来衡量，那是"低级别"的：职称不高、学历不高、职位一般……世人眼中的那些"好"在他们的身上似乎都找不着。可是，他们却有着自我存在的价值，快乐地过活，珍惜着每一天。因为他们的心中种下了属于自己的一块田。

第五辑

世界上的每一滴水都不孤单

去哪里

　　雪，小小的，慢悠悠地从彤云密布的天空飘了下来，片刻，枝头已经挤满了一朵一朵的雪花。路上，行人开始渐渐稀少。那雪花纷纷扬扬、大朵大朵地落满地面。

　　"咯吱咯吱"的声音从他的脚底下传了出来。他停下脚步，看看有些湿湿的鞋帮，再看看前面一幢有些朦胧的建筑，内心一阵焦急。

　　"哎，你这是去哪里呀？"身后传来一个声音。

　　他回头一瞧，是宁。

　　"去那里！"他指了指前面那幢建筑。

　　"去那里干吗？"宁用粗嗓门嘟囔着，还眯着眼睛看了看，"那里什么都没有呀！"

　　"我去那里办事。"

　　"不会吧？我也去那里，我们俩一道吧！"宁毫不客气地拉扯起他的手臂。

　　他不习惯被别人拉扯，脚步顿了一下，没有跟上，宁的手也滑落了。

　　"哎，你是被冻傻了吗？怎么不走呀？"宁的粗嗓门显得有些刺耳。

　　"不……我……"他不知该说什么好。

"看来，你冻得不轻，连话都不会说了。"宁没有再说什么，自顾自地往前走了。

那幢处在朦胧状态的建筑似乎永远都走不到，也许是他俩步履蹒跚的缘故。

"我，不去了，走了。"到了街角，宁挥了挥手，右转就不见了身影。

"言而无信！"他轻言一句，脚步可没有停下。

"哎，那个他……"他转身一看，身后跟上来的是令。

"什么事？"他问。

"你去哪里呀？"

"去前面。"他指了指前面一幢有些朦胧的建筑。

"哦，我不去。哦，对了，你遇到宁了吗？"令睁大眼睛看着他。

他点点头。

"他说好今天中午喊你小聚的。"令眉间闪动了一下。

"哦！"

"不过，他后来又说今天有事，所以就改天了。"令不紧不慢地往前走，没几步，对身后有些迟缓的他说，"我走了。"

他看了看令，没说什么，只是苦笑了一下，一句"再见"的话都懒得说。

"咯吱咯吱"的声音依旧伴着他，道路上越来越清静，人影也渐渐稀少，偶尔有从路旁的树枝上掉落下碎碎的雪屑。

近了，近了，他终于走到了那幢建筑的门口，掀起了门帘，一阵阵嘈杂声传入耳际，里面到处都是菜贩铺。

"成为她那样的人"

1

我还没有回过神来，一位身材瘦削、面带微笑的年长者走到我面前："你是蒋老师吧？"

我点点头。

她虽然瘦，但说话声音很洪亮，转身指了指身后的四个人："小蒋啊，我们得到消息，你要来我们这里工作，终于盼来了，真心地欢迎你来呀！我们这儿从来没有来过一位'科班'的教师！"

听着她对我的夸奖，看着一张张和蔼、朴素的笑脸，我的心平静了许多，心底也默默地念叨：今后的日子里，我将与她们一道从事着天底下最神圣的职业，这些人也将是我今后的良师、诤友。

事后，我才知道，迎接我的瘦削年长者是这所小学的 Y 校长，她一直在这所小学从事着教学工作。

虽说我是"科班"出身，但是教育的实践却毫无经验。

"Y 校长，能否听听你们的课堂教学呢？"我提着要求。

"可以呀！"Y 校长笑盈盈地允许。

"Y 校长，能否看看你们怎么批改本子？"我歪着头问。

"可以！给你！"Y 校长递过刚刚批改过的本子。

"Y校长，班级一位孩子今天没有来上学，不知是怎么回事。"我有些着急。

"哦！我去看看是哪一位。"Y校长走出办公室，去了班上。不一会儿，她走出教室告诉我，那个孩子被家长喊回去照顾弟弟了。

我有些惊讶。

"别急！我去去就来！"Y校长急急忙忙地向东面的村庄走去。不一会儿，她领着一个孩子走了过来，身后还跟着一位年轻的女子，似乎是孩子的母亲。Y校长边走边说道着那个女子，什么"不能耽误了孩子的学习""越是穷越是要珍惜上学的机会""再苦也不能不让孩子读书"，等等。

一日，Y校长与另外两位教师在教室里开着小会。

我好奇地问另一位同事："你怎么不去开会呢？"

"他们是在开党员会。"

"党员会？"我站起身，站在办公室门口朝教室的方向看了看，"党员会讲些什么呢？"

"我也不是很清楚，只是他们总说'做事要在先'这一类的话。"同事笑了笑。

"哦！"我走出办公室，佯装散步，路过教室门口，只听里面传出"要带头，要争先"的铿锵话语。

我一天天适应着乡村教育的林林总总，感受着上庄小学艰苦的教学环境，同时也在感受着同事们对我的呵护。

2

我的家离上庄小学比较远，每日我都是早早地从家出发，因为我想在Y校长到校前赶到，可每次都落在她的后面。

父母亲听着我的讲述，总是鼓励我："好好干！像她一样！"有一天，我有了一辆属于自己的自行车。骑着心爱的自行车，我奔驰在乡间的田埂上，路旁的野花总是每日用微笑迎接着我。

田间的油菜花黄了，近处的花瓣总让我忍不住采摘几朵，插在自行车的龙头前，闻着芳香向前奔去。偶然遇到散学的孩子们，他们都会亲切地与我打招呼，继而注意力又转向田边、花丛间，去捕捉蝴蝶……"草长莺飞二月天，拂堤杨柳醉春烟。儿童散学归来早，忙趁东风放纸鸢。"

Y校长常常告诉我：乡村的孩子对于身边的美好景致熟视无睹，要多带他们去田野里观察、感受，体验山川河流，陶冶情操，感受大自然的美好。因为学校专职教师严重不足，每个人都要担任许多课程的教学，Y校长也不例外，有时她还会带孩子们上体育课：顺着那条横穿学校的马路奔向天堂圩埂——充满诗情画意的名字至今还时常浮现在我的眼前。

"天堂"即美好。在一望无际的圩湖区内，只有这么一条埂"穿心"而过，埂两边是河道。眼前是清澈见底的鱼塘；远一点的是鸟儿翩飞；再远些便是层层叠叠的梯田，远方是隐隐约约的青山。碧蓝的天空，飞翔的鸟儿，欢蹦的鱼儿，碧波荡漾的河流，还有那倒映在水中的朵朵白云，所有的一切构成了一幅美丽的山水画。

一来一去的奔跑，孩子们忘乎所以，尽情挥洒着汗水。

我也时常在这条坑坑洼洼的羊肠小道——天堂圩埂上快乐骑行，看尽了田园风情，看惯了水涨水落，听惯了鸟儿在身边翩飞、鸣叫的声响，享受着大自然带给我的舒畅，感受着教学生涯的幸福。

一日清晨，天还没有亮，耳旁传来"淅淅沥沥"的声响，原来是下雨了。

顶着凌厉的暴风雨，我艰难地蹬着自行车奔向学校。风越刮越猛，雨越下越大，那些调皮的雨珠在风的推波助澜下滑入了我的怀中。此时此刻，我身上的雨披已不再是遮风挡雨，而是随风起舞。我的脸上不知是雨水还是汗水，只觉流入嘴中的是一片苦涩。

上岗，我下了自行车，边推车上行边稍做休息；下岗，我跨上自行车，顺着泥泞的小道飞奔而去。此时的天堂圩埂一片迷蒙，那阻挡在眼前的雨，似千万根牛毛撒遍人间，又似万般的甘霖滋润着河流与稻田……

等我赶到学校时，Y校长早已到了，她正打着伞巡视着仅有的两排教室。看到这间教室的窗户玻璃破了，她用一小块蛇皮袋遮住，用钉子死死地钉好。看着钉好的窗户，她的脸上满是笑容，用手轻轻抹了抹满脸的雨水，又捋了捋额前凌乱的头发。

由于师资的问题，上庄小学多年来没有开展较为系统的音乐教学工作。距"六一"儿童节还有一些日子，Y校长找到我。

"小蒋，我们准备组织学生参加全乡的歌咏比赛，这个任务想交给你。"

"歌咏比赛？"我有些吃惊。

"对！你是科班出身的师范生，有这个能力，也有这个实力。"Y校长笑嘻嘻地看着我。

"我……"

"不要害怕，你只管选人、训练，其他的一切都包在我身上。"Y校长拍了拍胸脯。

从选择歌曲到进行音乐的伴奏，我与大伙进行了一些激烈的讨论，每一次的讨论Y校长都参与其中，最终由她做出参赛曲目的决定。

全校只有一台破旧的脚踏风琴，脚踏板的皮带出现了裂痕，稍一用力，它似乎就要断裂。Y校长知道后，拿了针线、锤子，蹲伏在风琴的底部，一针一线地缝补着，时不时还用锤子敲打、固定那根皮带。

"好了！"Y校长掸了掸手上的灰尘，用脚踩了踩踏踏板，满脸兴奋地说。

接下来的日子里，脚踏风琴成了我的"专属物"。晨曦中，我脚踩着踏板，一边弹奏一边欣赏，那琴声在寂静的山村传出很远很远。夕阳的余晖中，我带领孩子们进行着紧张的训练。

合唱队里没有一个孩子临阵脱逃，也没有一个孩子马虎懈怠，更没有一个孩子"滥竽充数"，或许是这优美的乐曲，或许是乡村人的喜爱，或许是孩子们认真的表现，教室的门口时时有老人蹲坐着，嘴里衔着旱烟，"吧嗒吧嗒"地发出声响，似乎是为我们的演唱打着节拍，同时也在咀嚼着音乐的滋味。炊烟四起，那飘飘悠悠的烟雾带着阵阵音符飘向天空，传向四方，告知乡间的每一寸土地，传递着那一份活泼的气息。

每每此时，Y校长总是在一旁维持着秩序，还时不时地哼唱两句。夕阳映照在她瘦削的脸上熠熠生辉。

到了比赛的日子，我带领着孩子们来到乡影剧院，这些从没有参加过歌咏比赛的孩子们显然有些激动，更多的是紧张。作为领队的Y校长始终面带着笑容，用手轻轻地抚摸着每一位孩子的脸蛋，说着鼓励的话，传达着无尽的关怀。

"预备——开始！"随着有节奏的音乐声起，孩子们的内心不再害怕，不再感到手足无措。他们感受到了音乐的魅力，把握着每时每刻的机会。他们通过音乐告诉每位评委："我能行！"

由于大家的努力，我们获得了第二名的好成绩。宣布结果时，孩子们欢呼雀跃，Y校长拍着手也笑了，我看到了她溢满眼眶的泪水。

我由衷地发出感叹：以她为榜样，成为她那样的人！

3

时间一晃，五年过去了，我怀揣着忐忑不安的心情踏入了被人们称为"小学排头兵"的实验小学。

　　进入学校大门，只见一个喷水池张开手臂迎接着每一位客人的到来。小池中有娇嫩的荷花，池水清澈见底，如果运气好的话，还可以看见在水中游泳的红色金鱼。水池旁有几株绿意盎然的树苗在生长着，倒映在水中的影子清晰可见。"泉眼无声惜细流，树阴照水爱晴柔。小荷才露尖尖角，早有蜻蜓立上头。"拾级而上，满眼是绿树。

　　这是一所有着悠久历史的学校。

　　我被领到教导处，教导主任把课务分配情况向我简单地交代了一下，此时遇到了Z老师。教导主任指了指她，对我说："你与Z老师在一个年级组，也是一个教研组，如果有什么不懂、不明白的地方可以向她请教。"

　　我朝Z老师笑了笑，她也朝我笑了笑。

　　说来运气还真是不错，我到达后没几日，Z老师要在全县"素质教育现场会"上进行展示，我有幸听了她教授《麻雀》这一课，她不怕被学生问倒的情形至今让我难忘，其中有这么一个教学片段尤为精彩：

　　师：（出示重点语句："突然，一只老麻雀从一棵树上飞下来，像一块石头似的落在猎狗面前。它扎煞起全身的羽毛，绝望地尖叫着。"）读读语句，你看出什么？（学生自读）

　　生：老麻雀很紧张。

　　生：老麻雀动作很迅速、很敏捷。

　　生：老麻雀心情很急切。

　　师：说得不错。那么"扎煞起羽毛"是什么样子？老麻雀准备干什么？（计算机课件显示：老麻雀落在猎狗面前的情景）看看课本上是如何描写的？（老师引导学生朗读有关的语句）

　　师：读了语句之后，你觉得"一种强大的力量"指的是什么？

　　生：母爱。

师：读到这儿，同学们还有什么问题吗？

生：老师，老麻雀既然这样爱自己的孩子，怎么会让孩子掉到地上呢？

师：你读书读得很认真，不妨再细细读读，我相信你能找出答案的。（学生自读）

生：小麻雀可能饿了，爬到窝边，一不小心掉下来的。

生：《课文》上说："风猛烈地摇撼着路旁的白桦树。"由此我们可以推断，它是被摇下来的。

师：你能认真读书，很好！

生：老麻雀为拯救幼儿，毅然从树上猛扑下来，准备同猎狗进行殊死决斗。但是我有一个问题不清楚，假如猎狗吃了老麻雀，或许窝里还有许多小麻雀，那它们怎么办呢？这里能说明老麻雀的母爱精神吗？（老师指名朗读之后，组织学生评议语句重音和停顿的处理）

生：孙昊读"可是它不能安然地站在高高的没有危险的树枝上"时读成破句了。我觉得应该这样读。（学生读："可是/它/不能安然地/站在/高高的没有危险的/树枝上。"）

生：我同意王佳同学的停顿处理，但是老麻雀不能眼看着猎狗吃掉自己的孩子，它要奋不顾身地战胜庞然大物，所以阅读时，我觉得"安然地""高高的""没有危险的"这些词应该重读，突出老麻雀拯救孩子、保护弱者的坚强信念。（学生读）

师：你真会动脑筋，你领着大家把这一句读一读。（学生领全班同学读）

事后，我特意请教了Z老师，她也倾囊相教。

"Z老师，您是怎么做到不被学生问倒的呢？"我疑惑地问。

"平时，我喜欢阅读一些教学著作，其中苏霍姆林斯基的一些观点对我影响很深，比如他曾这样说：'获取知识——这就意味着发现真理，解答疑问。你要尽量使你的学生看到、感觉到、触摸到他们不懂的东西，使他们面前出现疑问。如果你能做到这一点，事情就办成了一半。'这就是告诉我：课堂教学不单单是老师的事情，而且还是学生的事情，我们要更多地关注到学生的学。"

"哦，这篇课文从教参与教材的编排上来分析，文章的主题反映母爱，学生开始提出的一个问题也是有道理的呀！"我仍旧追问。

"对的！从作者屠格涅夫所处的年代、童年的阅历以及《麻雀》本身所塑造的强弱截然不同的鲜明形象都表明：作家通过《麻雀》要歌颂的绝不是母爱，而是敢于不惜以自己的一切去战胜强者的一个弱者的完美形象——麻雀。所以，组织学生进行了反复朗读描写老麻雀奋不顾身救小麻雀的片段，促使学生对课文深入地理解和掌握。"Z老师翻开课文说。

"明白了！你是充分发挥了学生的'主体'作用，同时也注意了自身的'主导'作用。"我恍然大悟。

"是这样的。我利用了学生已有的知识，诱发出学生的疑难问题，进而集体讨论、解决疑难，使学生取得了进步，这是启发心智，也是激发学生学习积极性的好方法。学生在学习过程中不断发现问题，不断解决问题，认识了自身的学习能力，从而进一步增强了学习的兴趣，学习起来也更加主动。"Z老师娓娓道来。

我们正聊着，校长走了过来，笑容满面地对Z老师说："不错！这次的展示很成功。作为一名年轻的共产党员，起了先锋作用，做了表率，值得祝贺！"

"共产党员！"我不禁小声地惊呼起来，原来她与Y校长一样，是一名共产党员。

以后的日子里，只要有时间，我都会向Z老师请教，了解了"小学语文教学中要重视培养""同伴辅导教学法""学导式教学""如何备课""无意注意教学"……所有的这一切为我以后的教学思想奠定了坚实的基础。

我暗自发出感叹：以她为榜样，成为她那样的人！

4

正是类似 Y 校长、Z 老师的共产党员，始终保持着昂扬的精神状态，把心思和精力用在工作上，不图虚名，不搞形式主义，站得正，行得端，言必信，行必果，求真务实，让我看到了榜样的力量，让我看到了发展的方向。

接下来的日子里，我不分白天黑夜地在进行着教学的研究、写作的撰稿、阅读的提升，在那个没有电脑的岁月里，我一遍遍地在稿纸上写着，一遍遍地修改着；我反反复复地撰写着手稿，稿纸用了一沓又一沓……多少个黑夜，我阳台的灯光总是很迟才熄灭；白天我总是伏案疾书，做着有关教育教学的思考与研究。

我享受着乐趣，享受着喜悦，享受着成长，享受着自我价值的体现。

5

信念可以帮助人拼搏。许多年以来，许多人都给予我帮助、关怀及鼓励，其中不乏兄长、师长以及亲戚、好友。在如此几十年的行程中，我也遭受到许多的"挫折"，遭受过许多的"不满"。时间在变，斗转星移，许多是是非非都如过往云烟，不变的是我当初的"信念"，它一直相伴相随我至今，使得自身更加丰满与精彩。也只有坚定信念，我们才能在人生的舞台上上演一出出鲜活的话剧。

风行水上，不知所见

1

解落三秋叶，能开二月花。

过江千尺浪，入竹万竿斜。

这是唐代诗人李峤的《风》。寥寥几笔，写出了风的来无踪去无影，你看：风能吹落秋天的树叶，能催开春天的鲜花。风刮过江面能掀起千尺巨浪，吹进竹林能使万竿倾斜。一年四季，它无处不在。但，你又摸不着它，见不着它。

风行水上，只是路过。

2

匆匆一年又一年，来来又去去，看似没有踪迹，但寻遍身边，却又能看得到岁月滑过的痕迹。

冬雪纷飞的时日，明看着自己眼前那凌乱的一堆堆的纸张，显得有些不知所措。他的创作也有近半年之久，按照思路行就下来，倒也是一帆风顺。也许是受了冬日北风的影响，思绪突然间冻结了。他常常抓起笔就是不知从哪条线索往下继续，几经挫折，只得搁笔作罢。

雪纷纷扬扬地洒满屋外的草地。

明心事重重地走在那熟悉的林荫道上，只是两边没有了鸟鸣，只有纷扬的雪花。

深一个脚印，浅一个脚印。

明看着那来时的道路上的脚印，脑中思索着只言片语。一阵风滑过，他似乎听到了风"咯咯"的笑声，那扬起的雪花迷蒙了双眼，待睁开之时，脚印全无。哦，原是风捧着那一片片、一颗颗、一丛丛的雪覆盖了。

雪花落满了明的肩头，他若有所思。

就这样，林荫道时常有一阵阵的风路过，雪花也逐渐淡去，那柳枝上留下的都是风亲吻过的痕迹，你不见那一个个湿漉漉的唇印吗？

一个晴朗之日，明又走在这条林荫道上，又被风"咯咯"的笑声吸引了。风裹着柳絮在明的周围飞舞着。他伸手轻易地接住了一个轻柔柔的柳絮籽，那黑色的小眼珠瞪得大大的看着明。趁人不备，它约上风一起去向了远方。

看着那远去的柳絮，明若有所悟。他疾步走回家，摊开纸张，打开思路，徜徉在那久已规划好的林荫道上。

3

每日清晨，看着朝阳升起，内心充满欢悦；夕阳西下，天边被染红了一大片，内心又是一阵欢愉。

在热闹的街市偶然被别人撞倒，生出怨气，似乎个人的空间不可侵犯；自家的孩子没有达到划定的标准，生出怒气，大有"山雨欲来风满楼"的架势。

哀伤着自己的不如意，悲伤着自己的不腾达，伤心着自己的不走运，诸如此类的唉声叹气围绕脖颈。

这就是我们的喜怒哀乐，常常是所见而至。

4

每每去新房看工人们的装修，都会拍一些照片，然后发至网络空间，友人在网络空间和现实生活中对我说："看你喜滋滋的！多么矫情！"

从那个春暖花开即将结束的季节开始，新房就敲板前行，一路"费尽心思"，忙忙碌碌。每每有友人安慰我的"劳苦"，我都回复"不苦，我期待着新的生活、再一次的幸福"。友人会嫣然一笑，说："矫情！"

每日看着那期待的日子在变化，每日看着期待的日子离我又近了一天，每日看着自己设计的"蓝图"变成现实，能不"矫情"吗？

改变的是换置了一套住房，不变的还是你我他一如既往的生活，还是那一日三餐，还是那来来去去的上班、下班路，还是那日起日落、斗转星移。

5

相继落座，来的人似乎都很熟悉，因为相互间都打招呼。但，又似乎都非常陌生，在记忆里努力地挖掘这些人的信息，却不得而知。

那就停止"搜索"，当成"熟知"。

渐渐地，你一句我一句的谈话交流过程中，你被我认识了，我也被你知晓了。至此，方才恍然大悟。

笑着掩饰自己内心的那份原有的慌张，追忆着曾有过的交往印迹，说着曾有过的交往喜好。

叹一句：岁月不饶人。

改变的不单单是岁月，还有那没有经过雕琢的印迹。

继而再叹一句：饶人的是岁月。

饶人的不单单是岁月，还有那没有经过沉沦的印迹。

6

改变，不是一蹴而就的。

改变，不只所见。

花开易谢，原本无常

1

清晨，总是喜欢武装好自己的行头：戴上口罩，套上棉手套，包裹好衣物……

那条熟悉的、走了20年的道路，路边的树叶绿了又黄，黄了又落，懒得再去理会。近日，偶见那路边的梅花枝头有点点的绯红跃然飞舞，原来是花儿想绽放。那柳条也格外柔顺，远观星星点点的嫩绿在枝头，近看却是啥也没有，真是一派"草色遥看近却无"的气象。

春，来了。

我们总在忙碌，总是将许多做杂事的时间算到了"忙碌"的时间范畴之内：找你找他，寻了许多遍，想了许多遍，也念叨了许多遍。不知不觉中，路边的那枝叶也落了又悄然新芽挂枝，迎春花也早已怒放而逝。

雨落了，风起了，雷响了。一切似乎都是不期而遇，再琢磨想想，这一切都是自然地来临，不管你愿意不愿意，在意不在意，来的总会来，走的总会走。

读着作品里的"小屁孩"，于是想挽着那"小屁孩"的手说说趣事、乐事，没有等自己来得及去想，他就走出了我的视线，留下的是青涩得不能再青涩的脸庞。自己也曾用文字画出他的影像，却总是笔拙，没有像样的模样，内心的那份思念就这样流逝了。

想想：来的就会来，走的就会走。

读着"小猪稀里呼噜"，它也就真的来了，我能留住它吗？我能感受到它的趣事、乐事吗？只有那含苞待放的花知道，只有那悄然飘逝的春风知道。

想想：走的就会走，来的就会来。

2

柳树一直生活在水草丰美的地方，常常迎着风儿梳理着自己的秀发。偶尔，小鸟飞过她的眼前，她也会亲热地招呼鸟儿。鸟儿们停歇在她的肩头，叽叽喳喳地说着来自远方的奇闻怪事。时不时，她的柳枝会随着爽朗的笑声，左右摇摆。

不知不觉迎来了又一季春景。

鸟儿们再次飞跃到柳树的肩头，又与柳树说起了远方的奇闻怪事，那叽叽喳喳的欢笑声再次响起。风儿也想来凑个热闹，只是她的步伐大了些，柳枝被吹得飘了起来，惹得头昏目眩。

还没有等柳树定神，她的孩子们——柳絮可不安稳了：鸟儿、风儿总是讲述着外面的精彩世界，他们歪着脑袋、噘着嘴，总想着有一天也能像鸟儿、风儿一样到处行走。于是，还没等柳树交代什么，柳絮们就挣脱着一个个地飞舞起来了。

柳絮越聚越多，将鸟儿团团围住，鸟儿迷了眼。风儿见了，忙站起身来，深深地叹了一口气，不承想柳絮们反而被这口气吹得搅乱在了一起。

鸟儿飞走了，风儿也躲进自家小屋。

一切又归于寂静了。

柳树垂下了柳枝，温和地看着离开的孩子们。

小柳絮们此时乐开了花，他们一个个排着队，飘飘悠悠地向远方飞去……

3

随学生来到了天生桥，看到那远处一抹烟绿染春柳，无限感叹涌上心田：春，早已团团将人们拥在了怀中。

成片成片的柳树在路的两旁随风漾起，与风儿说着悄悄话，是否将自己满腹的、一整冬的想念尽情地倾诉？还是想让风儿将自己喷涌的情话捎带给远方的人儿。

粉色的桃林在雾色升腾的小河边。及至到了眼前，才看清楚，那雾色朦胧，却是一片一片随风儿飘落的粉嫩的花瓣。绿的草，粉的花，偶尔还能听到风儿将粉色吹起的嬉笑声。你不见那绯红上脸的人儿就站在你的眼前？还是装作听不见桃红柳绿那卿卿我我的絮语呢？

草地上飞一般地涌入了春的气息，公园内顿时增添了更多的色彩，除了粉色、绿色，还有黄色、蓝色、红色、青色、橙色……如同一只斑斓的彩蝶在粉色与绿色间飞舞。那短鬓间滑动的一颗颗汗珠，闪动着的光亮，映着多彩的世界，散发出花的香味，流动出春的气息。

这里一堆，那里一簇；这里一团，那里一丛。你说你的，我笑我的。你动手包起饺子，我争先与你追逐，看谁是家务能手……每个人都在五彩的世界里享受着快乐。你吃你的，我尝我的……每个人都在品味着来自内心的那一份欢愉。

一抹烟绿染春柳，多姿舞尘弄陶欣。

世界上每一滴水都不孤独

1

停下脚步，拽住时间，抹平褶皱，仔细端详一番自己的过往，什么都没有发现，因为反反复复地做着许多同样的事情。

时间都到哪儿去了？

年前，急切地期盼着假期的到来；年疾步来了，又期盼着暑期的到来；暑期飞身而至，又期盼着年的到来……这样的日子就是在转圈圈吗？不变的是每时每刻一样的心情，变化的是我们即将逝去的那一年又一年的岁月。

多了眼角、额头的皱纹，少了时间的陪伴。

年前，计划着许多许多假期中该做的和该整理的。年疾步到来时，发现并非随自己那么惬意地去安排。每日虽有宽裕的时间，但太长时间紧紧地握着，手心会出汗，时间就滑走了。即使是想看看时间还在不在时，它也早就在不经意间顺着松懈的指缝溜走了。

时间都到哪儿去了？

年前，大伙都慢慢地散了，各自回到那个安乐窝去了。我依然奔来奔去，两点一线的生活方式似乎很是享受。渐渐地，自身还是感到了疲倦。终于，我也停下了脚步，回归到自己的安乐窝，想象着那快要到来的年味。

翻阅自己的生活节奏，还有那么一趟"赶集货物"有待处理。朋友年前的约稿，本不想再继续，但朋友的相约，我还是如约而至了。

这份对我的厚爱，我定当尊重。

接下来的日子里，我忙着看朋友约稿的要求，接受着一篇又一篇的要求、编排、样稿等。接下来的日子里，我一篇又一篇地琢磨，一篇又一篇地思忖，一篇又一篇地组织，一篇又一篇地收集，一篇又一篇地改写、编撰……

时间都到哪儿去了？

看惯了天朗气清，就不喜欢雨水在不愉快的日子里到来。习惯了那雪花飘飘的季节，就喜欢雪花在那个相知相守的日子里到来。或许，时间就是在这样等待与消耗中过去了；或许，时间就是在我们经意与不经意间过去了。

时间就融化在了自己的每一步、每一眼、每一语、每一行、每一思中……

2

下午时分，有客人要来。我提着烧水壶准备去盥洗间灌水，同事说："我来吧！"水灌好，搁在托盘上，加热起来。不一会儿，水开了，"啪"的一声，自动断电。我拎起水壶，没有水溢出，开水灌进水壶也刚好是一壶。

平时灌水、烧水，水开，总是呼啦啦地溢出一些水，地面也总有水渍留在那里，水壶中也总留有那么半丁点儿的水。今日没有"溢"？

据说，孔子有一次去周庙参观，看到庙中有个欹器，孔子就问："这是什么器物？"

守庙的人告诉他："这是宥坐之器。"

孔子说："我听说这种东西灌满了水就翻过去，没有水就倾斜，灌一半的水正好能垂直正立，是这样的吗？"

守庙的人回答："是的！"

为了验证真实性，孔子特意让子路取来水试了试，果然像刚才说的那样。孔子长叹一声，说："唉，哪有满了而不翻倒的呢？"

满则溢。

这样的话语似乎不符合逻辑，仔细思辨，一定会有所悟，有所得。

烧开水时，我总是希望能灌得多多的，灌得满满的，省得跑第二趟、第三趟……结果，水是够了，甚至还多了。那多的水去哪里呢？溢出，浪费了，没有真正被利用。

满，是足，而非多。

回想多年以来，自己码了一些文字，发了一些小文，编撰了一些小书，自得其鸣，内心生成足矣。重庆的瀑布也好，南京的未夕也好，商丘的豆豆也好……对我都给予鼓励，在"赞美"之余也说了许多中肯的想法，不偏不倚，不急不缓。

静余，我慢慢地体味着朋友的话语，想着他们的成就，一日一日地积累，一月一月地勤勉，一年一年地坚守，那是真正的"足"。

我的"足"，是处于浮动中的"水"，显示的是根基的不扎实。

想来，必要多读、多思，打好基础，让每一滴水都不孤独地溢出壶外。

水至清则无鱼

厚是一个有主见的孩子，阳光灿烂的脸上总是洋溢着笑容。

父亲带他出门去钓鱼。来到了郊外，父子俩扛着鱼竿，走在田野间寻找着合适的池塘。

"哇，中山塘的景色真是美极了！"

中山塘，一个水面还算广的池塘。水面上没有一丝的浮萍，平静得如同一面镜子。水很清澈，可以看见池塘底部的水藻随着水流一摇一摆。

"哎，到这里来钓鱼！"厚喊着。

父亲来到塘边，问："你觉得这里面有鱼吗？"

"怎么没有？你看这塘里的水多干净，一眼就能看到水底的水草，肯定很适合钓鱼，鱼儿在水底怎么游动的都能看得一清二楚。"厚蹲下身子，用双手舀了一捧水。

"那我们围着池塘找一找，看看有没有鱼的踪迹。"父亲提议。

父子俩围着池塘转了好几圈，除了水面上偶尔有一丝微风吹过留下的涟漪之外，一条鱼的影子都没有看到，也没有看到鱼冒泡泡的迹象。

"为什么看不到一条鱼呢？"

"水太清呀！"父亲说，见厚还是不明白，继续解释，"水太清了，鱼觉得生活在这样的水塘里不安全，所以都跑了。"

厚常常跟父母抱怨：伙伴们总是瞧不起他，总是用激烈的言语刺激他，总是说他的坏话……

"怎么会呢？"父亲总是觉得不可思议，"你为人不错呀！总是一副好心肠。"

"真的，我一点不骗你。我的伙伴总是觉得我不好，也总是在背后说我这样不好，那样不是。"厚的脸上带着怒气。

"能否说说是什么事情造成这样的局面呢？"父亲仍旧是不紧不慢地问。

"比如，小弥吧！一个男孩子，说话总是扭扭捏捏的，我就在伙伴们面前请他不要娘娘腔。结果，第二天，他就说了我许多坏话。"厚越说越激动，"我都不知道哪里得罪他了。"

"你说了别人的短处。看来小弥是一个要面子的人。"父亲马上指出原因。

"没有呀！我没有说他的短处呀！"厚摊开双手，"不过，他的确是一个好面子的人。"

"怎么没有？你说他娘娘腔。"父亲再次指出，"小弥好面子，一个男孩子，被你在众人面前说成娘娘腔，还不算说他的短处吗？"

"这也算呀？"厚有些诧异，"我根本没有在意。"

"我知道，你是一个有一说一、有二说二的孩子。但是还是要看场合的。"父亲坐下来，喝了一口茶水，"有些人内心很敏感，或者说，内心是很柔软的，自己的弱点、短处是不想被别人当众说出来的。"

"原来这样呀！"厚低下头，陷入思考。

"看来，你的那些伙伴都被你揭过这样、那样的一些'短'。"父亲等着厚的回答。

厚点点头。

　　"你看，你是一个诚实的人，但这种诚实太过于'清'了。"父亲笑了，"'清'就是说话不顾大局，不了解别人的情况和心理，对人要求太多，清清楚楚、明明白白说出了别人不愿意听的话，做了别人不愿意做的事情，让别人的内心感到有些尴尬。这样一来，别人会害怕你，要么躲着你，要么就针锋相对地揭你的短。结果是你没有了朋友。"

　　厚似懂非懂。

　　父亲笑了："你还记得那个水很清很清的中山塘吗？"

　　"哦！那个一条鱼都没有的水塘。"厚想起来了。

　　"是呀！水至清则无鱼。你也太'清'——也就是你常常直截了当地说别人这样不好、那样不好。就像那个中山塘一样，鱼都跑了呀！"

我不是你的如花美眷

1

那轮圆月早早地挂在了天边，星星也开始走出小屋，在天宇之间溜达，苍宇之下的那条白茫茫的大路上，有着匆匆的身影。

风儿柔柔地吹着高岗，那匆匆的身影，久久地站立不动。

那是一棵红豆杉。

红豆杉的旁边，敏也不动。

两者相依相偎。

风轻月高，红豆杉静静地呵护着在枝丫间熟睡的那只孤单的雀儿。

雀儿是今早从南方飞来的，带来了南方的音讯：那里湖面的冰雪已经融化，小溪已经流淌。红豆杉也已经花儿朵朵，枝叶繁茂，它依然被装入香囊，存于南国那间小屋的窗棂之上了。

雀儿睡熟了，红豆杉醒着，嘴里哼唱着：摇呀摇，摇到外婆桥，外婆叫我好宝宝。糖一包，果一包，还有饼儿还有糕……

2

"噼噼啪啪"的一阵鞭炮声。

"吱"的一声刹车声。

绿叶在风中摇摆，风儿不依不饶地刮得脸生疼。玫走下了车子，轻松的脚步踏在铺满方块砖的地面上。

那原本是一条很不平坦的小道。坑坑洼洼的路面尽是尘土，在鞭炮齐鸣的时节，来往的人总是深一脚浅一脚地来来去去，那"啪嗒啪嗒"的脚步声和着鞭炮声，无不显示着欢乐的心情。

路的尽头便是那一方庭院，院内的矮墙上排列着自家栽种的大蒜苗，那一年四季不服输的青青苗干总是生长着。矮墙上，总也少不了各式的花苗，它们也各自都已经冒出了芽儿，只等气候转暖，一朵接一朵地绽放。

庭院的主人是勤劳、质朴的。

庭院内的气氛更加浓烈，你一块糕，我一块糖，分享的快乐引得矮墙上的大蒜苗和各式花苗争先恐后地扭动身子，奋力地生长着。

快乐早已飞出这方庭院，迎接着远道而来的人。"吱呀"的开门声内发出的是"来了"的迎宾曲。

热气腾腾的厨房间，大白馒头蒸上了，"扑哧、扑哧"的蒸气，总表达不了主人的那份快乐的心情。

手握了又握，话说了又说。道不尽的想念，聊不完的亲情。

3

那座小院的进门处是一株梧桐，厚厚的树皮常常被顽皮的你我刮掉部分。即使如此，也未影响那暑热来临时的枝繁叶茂，你我可以安逸地在树底下铺上凉席，舒坦仰面。听着树枝上知了咿咿呀呀的叫声，学着攀枝的雀儿啾啾地叫唤个不停。

捏一个你家的饭团，捡一个我家的杏仁，欢喜着走入了水清风爽的田埂。

那所墙壁上涂着红色标语的大院，常响起嘹亮的号角，你我也一本正经地走在转圈圈的队伍之中。稍瞬，这儿一丛，那儿一簇，蒙着眼，捂着嘴，屏着气，喊着不知名的话语，四散逃开，留下了空旷的场地。

白白的，晃人眼。

你捏的纸团不再愿意给我瞧一瞧，我涂的画面不再愿意在你面前摆示。迎着夕阳，大家总是一前一后地走出那涂满标语的围墙。

风一阵，雨一场。

那间有着铁栏杆的小屋内，吱吱呀呀的粉笔在那块并不光亮的黑板上写着。这个去了，那个又来了；这面擦拭干净了，那面密密麻麻地写满了。就这样，无休无止。

久了，就愣神了，总是爱从这边的窗望到那边的窗。那条走廊走来的人，斜着头看着这头的人；这头的人瞪大眼睛，为那个走过的人数着步子。

那门前的几棵树，落叶又长叶，长叶又繁茂。

三来三去，人去屋空。

起起落落的坡坡岗岗，慢步上去，快步而下。

潮起潮落的淮香河水，冬去春来，花开花落。

那茫茫的田野间，夕阳总是在清澈见底的河面投下亮彩，炊烟总能伴着草垛升腾起团团烟雾，三三两两的伙伴们总能欢声笑语地在田野间追逐嬉闹，你我总能在小桥、流水、枯藤旁静待余晖的映照。

那小院拆了，那刷满标语的墙壁倒塌了，那间撑着铁栏杆的小屋不见了，还有那夕阳没有了映照的小河流水。

我不是你的如花美眷，却是你的似水流年。

一次偶遇

1

立春。

春来了，屋外的阳光正暖，地面上洒满了点点柔和的气息，闭上眼你就能感触到她呵护脸庞的轻柔，说不定还有那温暖的一个"拥抱"。

春来了，心也就暖了，再也不用担心被寒冷侵袭。学校长廊上的那棵绿萝从去年的秋天走到了冬天，它一直默默地看着玻璃窗外的那阵阵的冷意，没有言语，兴许是怕被瞪着冷眼的寒流"裹挟"而去吧！

今早，我坐在它的身边，看着它。它"扑哧"笑了起来。

"笑啥？"我好奇地问。

"不笑啥。"

"不笑啥？那你笑干吗？"

"快乐！高兴！"

"怎么又是快乐、高兴了呢？"

"因为暖暖的呀！我全身都是绿绿的。不信？你摸一摸。"它似乎看出了我的心事。

"不对！立春没有来之前，我看你却是蔫的，耷拉着脑袋，每次来时，看到的都是这样的。"我极力回忆着以前的过往。

"哦！那都过去了！此时此刻，此时此刻，此时此刻……"兴奋的它似乎有些语无伦次。

"知道了！知道了！你的心暖起来了！因为立春，是吧？"我嚷嚷了起来。

"不只是，还有，还有，还有……"

我笑了，笑得站立了起来，离开了这盆周身都是塑料的"绿萝"，生怕它再语无伦次地说着重复的话语。我在走廊的尽头转弯时还不忘再看看它，听到了它"咯吱咯吱"的笑声，看到了它枝叶摇曳的样子，在阳光的映照下，灿烂如花。

显然，我还没有做好准备，没有将春的消息揣入怀中，还受着隆冬的影响。但，一场座谈会让自己有了更多的思考。

坐在学校的会议室，聆听着关于高平书院古往今来的阐述与理解，获取耳目一新的感受：未知领域的诠释能被别人说得如此通达、通透，着实有些吃惊。究其原因，无非别人深刻的研究、严谨的探求与细致的思考。

如果仅是思考却不读书，那是拼凑观点。

如果仅是读书却不思考，那是读死书。

"我们不是用几个词来做一个解释，而是要思考我们的发展、举措是什么？我们的行动系统、保障系统有什么？"

"寻找历史，找出理论，寻找载体，达成新高平书院的构建。"

"情境与资源的建设，例如琴棋书画的传承，资源基地的建设，由此形成的文创、创客、农耕，等等。这些选择性课程、拓展性课程、项目化学习，应该如何去操作……"

"文化也好，课程也罢，如何常态化、系统化、制度化，可分可合，形成共同的、共性的多样态的学习方式。"

"革新，平实。"

"文化在根的历史中，文化在理念价值取向中，文化要有枝干，慢慢地让学校长出来。"

……

屋外春意正浓，屋内暖意盎然。

归去来兮，冬去春来。

今日立春。

正合赏春，阅读、思考、交流。

2

一晃，一个学期过去了；一晃，几年过去了；一晃，十几年过去了……这样的"一晃"有点晃得人内心慌张：岁月不等人，岁月不饶人。

在有着古朴文化浸润的校园内漫步，一定会给有"情结"的人留下许多感叹，也一定会给许多初次见面的人留下"不现代"之感。前者是因为爱它，后者是因为不了解它。

你如果细细地去兜一圈（不需要人陪伴），你就会发现许多令你难忘的"点"：那清风幽幽、微风四溢的竹林和袅袅檀香的案几，定能使你心旷神怡；那弯弯绕绕却又是枯藤盘根的紫藤长廊，定能使你心如止水；缀满斑驳的四棵梧桐树，诉说着远方传递来的海风的讯息；枝干遒劲的老梓树，整年低头含眉，讲述着一个又一个古老的传说……或许，你在意种植园；或许，你在意女贞的暗眉；或许，你在意曾有过的"山羊不吃校园草""鼠小弟跑道""小兔乖乖"的校园故事，一切的一切都是在传颂着400多年以来"读书学做人，做人要读书"的书院箴言。

这就是历史，这就是传承。

寻得百花，方能酿得蜜一坛。我喜欢"寻"，也喜欢"看"，当然，更喜欢"听"。这个场所给了我许多许多的机会。这不，我得到了欣喜——有关陶艺。

陶艺，我的字典里从未出现过这两个字，直到那个缀着"小小七星瓢虫、两条蠕虫和两片被雾霭笼罩的绿叶"陶片出现，关注便开启了。

这缘于美术组夏老师的陶艺社团。她的喜爱、认真、执念以及美术组团队的兢兢业业、一丝不苟的探求脚步，吸引我去探索那有关"陶艺"的未知领域。

初见"陶"时，我并不知它究竟是个什么东西，只看到堆在桌边的黄色、褐色、黑色的泥土。不承想，通过双手的揉、摔、拉、拍、捏……还有那我说不上来的一系列的动作，慢慢地形成了一个又一个令人惊叹的形态。这时，你看到的不再是泥土，更不是泥巴，而是一件件对着你呵呵直笑，能与你交流上一段时间的精美"图画"——

或许听到它们呢喃的细语，或许听到它们满腹的牢骚，或许听到它们叽叽喳喳，或许还有鼓着嘴巴直吐粗气的喘息声。

也许看到它们满脸的笑容，也许看到它们愁眉不展，也许看到它们泪眼汪汪，也许还看到它们对酒当歌歌不成的情形。

或许……也许……或许……也许……

哎呀！我词穷无法表述这一张张"脸"、这一块块泥、这一尊尊像，只有美术组的能工巧匠们才说得清、道得明吧！

我如同孩童般地观望、咨询、了解、学习，找寻来自泥土的芬芳，来自泥土的话语，来自泥土的一字一句的"校园故事"。

从拨开那一堆灰头土脸的泥开始，"巧手们"就在脑海里构思着一个个美妙的图案；从揉捏成团、成块、成坯开始，"巧手们"就已经在创造美好的生活；从勾勒、雕琢、彩绘、上釉开始，"巧手们"就已经塑造了一个个生动而有灵性的精灵。

我的内心不由得生发出技艺传承的画面——

那是一个关于陶艺的童话王国的故事，也是关于遥远的非遗传承的记忆，缕缕情怀，无论是夏老师师出有名，还是孩子们渴求的学徒情形，无不是为了一个共同的目标：传承！传承！

这一路走来，必定是艰辛的；这一路制作，必定是糅合了失败与成功，但初始的信念始终没有改变。

在一声声的"开"与"起"的唤声里，倾注了无尽的陶艺柔情与坚毅。这一切的一切是磨炼，也是成长，如同那一张张、一块块、一尊尊的泥经过1000多摄氏度高温熔炉冶炼，才能成为光彩一般。

陶艺，让我见识到了精湛；泥土，让我见到了蜕变。技艺如此，人生依然；传承如此，生活使然。

3

二月，在"滴滴答答"的雨水中走来了，从昨晚的那个梦境步入了今早的现实。它的到来，如同以往任何的日子一样，没有惊涛骇浪，也没有大呼小叫，就那么来到了你我的身边。

安静，充满着笑容，虽然满脸都是湿漉漉的。

惬意，充满着欢快，虽然周遭都是暖洋洋的。

你看到了什么？是不是好像又没有看到？

你想到了什么？是不是觉得索然无味呢？

这样说来，我们的"平淡无味"就是在这样的心境之中流逝了，我们的岁月就是这样在指缝间、熟视无睹间流逝了。

睁开双眼，满怀情愫，看看你看了一千遍、一万遍、已经看了又看、厌倦许许多多遍的周身，会发现有许许多多"光辉的岁月"曾经在自己那个"童年城堡"之中。

记起了吗？

这个小小的舞台有着许多的身影：读书的，交谈的，排练的，还有那一张张充满阳光气息的小小的、可爱的笑脸。

春来，温柔拂面的是微风。

夏来，舒畅迎面的是凉爽。

秋来，卷地扑来的是金黄。

冬来，拥入怀里的是寒冷。

这一方领地，永远不变的是那活泼的场景，是那朝气的蓬勃，还有映满胸膛的红红火火。

这是一所有着一棵大梓树的小学校，是一所有着历史传承的小学堂。

于是，我就喜爱上了这棵大梓树，还有那曾在上面悬挂的老态的铃铛，还有在树枝上搭窝筑巢的小鸟和在树底下休憩的鼠小弟。

坐在树底下的木凳上，我任由微风亲吻着脸颊，任由它在耳畔说着"呼呼"的、听不懂的话语。于是，我的情缘就铸了那个"连环故事"之中：无论是"注意，保持一米间距"，还是"一场邂逅陶艺的传承"……故事就这样讲述下去了。

我喜欢坐在操场边大树底下的椅子上，就那么静静地看着来来往往奔跑的孩子，听着那一阵阵闹嚷嚷的话语，放空所有的思绪：一群群怀揣着篮球的小伙伴，原来是体验"怀胎十月"，让每一位小伙伴体验着母亲的不易，双手不由得呵护着鼓鼓的"宝贝"；一排蹲伏着、蓄势待发的小伙伴，眼睛紧盯前方，神情紧张地听着赛道边那个手举旗帜的"指挥员"的口号，只待一声令下，全力以赴奔跑……激情就这样荡漾开去了。

那教学楼里传来一阵阵琅琅的书声，每一个孩子都在尽心尽力地做好自己，无论男孩、女孩，也许"女孩的心事你别猜"，也许"相聚的日子总是短暂的"，也许还有"心愿瓶"，也许还有……享受着这一切的，除了我，还有那一个个、一群群属于这个校园的精灵们。

你不见，这一块块青石板就是鼠小弟的跑道？

也许，夜深人静（哦，也许不用等到夜深人静，只要夕阳西下）之时，精灵们就会从属于它们的那个角落里走出来，溜达溜达，一个属于它们的"鼠子翻身"或是连续的"后空翻"就会完美呈现。

也许，在那个我们未知的地面之下，还有它们复杂的家，还有它们幸福的生活，还有它们快乐玩耍与"校园趣味故事"的连载。

爱它，它就会给你幸福。

恋它，它就会给你呵护。

想它，它就会给你关爱。

静能生慧，智者无忧

感谢"疼痛"

1

那是一个年少气盛的日子，意气风发的我准备走上教学楼，可腰间的一阵酸疼，让自己伸出的脚缓缓地缩了回来，紧接着下肢又是一阵毫无征兆的麻木，身子不由自主地蹲了下来，从此一个伴随至今的名字"椎间盘突出"出现在我的生命中。

感谢它时时传来的酸楚，让我知晓能够站着说话、坐着码字、躺着休息是多么奢侈。

"哎哟！"不知何时开始，我的右膀抬不起来，睡眠时都有牵扯、莫名的疼痛。道不明、说不清的肩周炎的感触常在心底涌现。写不了粉笔字，抬起肩膀就有拉扯感的疼痛，我常常幻想针灸、热疗、艾灸的神奇，可想归想，疼还是依旧疼。

一切的一切也许都是命中注定，正所谓"天降大任"必先"苦其心志，劳其筋骨"。

2

再平常不过的一个日子，简单得不能再简单的一个夜晚。行走在路上的我，内心一直有恍恍惚惚的感觉，但不明白是从何而来。

是腰酸背疼的预警？

是偏头疼引发的警示？

还是肩周炎透露出的点滴暗示？

也许以上经历得太多太多，所以也就没有过多地在意，继续沿着那一盏一盏路灯的光亮甩着膀子，迈开腿脚向前走。

渐渐进入一条昏暗的没有路灯的小路，我警觉：不是很熟悉，是否还要继续前进？身边的人告诉我：没有关系。于是，继续向前。

一切照旧，无恙。

凌晨，自己被自己唤醒：眩晕、呕吐，原以为这又是一次短暂的身体的警告，休息休息，天亮再医治。结果，一夜未眠，一直处于眩晕、呕吐、眩晕、呕吐……严寒的冬季，几经折腾，几家医院得出的结论一致：回家好好休养，不要再做无谓的奔波。

3

感谢身体给予我如此多的"疼痛"，让我珍惜所拥有的。

开往秋天的列车

　　看到"秋天"这两个字，我不知大多数人是何种想法，我只是单纯地想到了那个铺满黄色的田野：黄色的稻穗沉甸甸，诉说着丰收的喜悦（"秋，禾谷熟也。"东汉许慎《说文解字》如是说）；黄色的小草遍布山间田野，预示着即将迎来冬季；黄色的落叶随风飘舞，倾诉着一个又一个它们看到的故事……

　　这，就是我想到的"秋天"。

　　秋，除了上述之外，似乎还给我们带来另外一番诠释。我曾经带领孩子们诵读《山行》和《枫桥夜泊》两首古诗，体会唐代诗人杜牧和张继内心不一样的"秋情"。

1

　　师：解诗题，《山行》的意思是什么呢？

　　生：在山上行走。

　　师：诗人在山上行走……这话好像没有完全说清题目的意思。

　　生：在山上行走看到的风景。

　　师：诗人在山中行走看到了哪些景色呢？读读古诗，圈画出来。

　　我范读，学生又自读，圈画，回答时，找到了"寒山""石径""白云""人家""枫林""霜叶"。针对这些景物，我又与学生对照诗句一个个地理解它们在诗句中的真正意义。重点是"寒山""枫林""霜叶"是相互关联的。

师：山就是山，为什么说是"寒山"呢？能不能说是寒冷的山？

生：不是这个意思。"寒山"是说秋天来了，天气凉了，山上有些冷。

师：那你怎么知道这时是秋天呢？

生：有"枫林"。

师：有枫林不一定就是秋天吧？春天也可以有枫林呀，夏天也可以有呀！

生："霜叶红于二月花"，被霜打过的叶子红了，说明是秋天。

生："霜叶"就是说天都下霜了，秋天才有霜。

师：嗯。被霜打过的枫叶，比春天的鲜花还要红。红色的枫叶只有秋天才有。这证明现在是秋天了。

2

师：《枫桥夜泊》中的"泊"是什么意思呢？

生：停船靠岸。

师：这个词多好呀！我本来想说是"停留"的，现在就用你的这个词。我告诉大家"枫桥"是一个地名，就在今天的苏州。连起来看看，题目是什么意思呢？

生：在枫桥边停船。

生：夜晚停船靠在枫桥边看到的。

师：是不是就是看到的呢？再快速地读读诗句。

生：还有听到的、想到的。

师：嗯！夜晚停船在枫桥边所见所闻所想。再仔细地去读读诗句，作者都看到了什么？听到了什么？想到了什么？

学生经过近5分钟的阅读、圈圈画画，回答出了所见，"月落"霜满天""江枫""渔火""寒山寺""客船"；所闻，"乌啼""钟声"；所想，"愁"（我加了"夜半钟声到客船"，为什么呢？后面会理解）。

解释了所见、所闻，重点是理解所想。

师："愁"指的是什么？

生：忧愁。

师："对"在这里怎么理解呢？（学生理解比较困难，我直接点明词义）在这里是相伴、伴随的意思。谁与谁相伴呢？

生："江枫""渔火"和忧愁相伴，使诗人不能入睡。

师：诗人听到了钟声，他想：那是从寒山寺传来的吧！所以，我认为这里是诗人的——

生：所想。

师：这是一个什么样的季节？找出理由。

生：秋天，因为有"江枫"，还有"霜满天"。

师：是呀！这里有"霜"，上一首古诗也有"霜"——

生："霜叶红于二月花。"

3

师：都是在秋天，两位诗人的心情一样吗？

生：不一样。

生：一个是高兴，一个是忧愁。

师：高兴的心情是——

生："停车坐爱枫林晚。"这里的"爱"就是喜欢、高兴的意思。

师：忧愁的心情是——

生："江枫渔火对愁眠。"这里有一个"愁"。

同样是秋天，为何有如此多的风情？为何有如此多的景致？由景生情，不再是古人的专利，也是天下人都有的情愫。这样的情，那样的景，都是由心而生。

　　清晨，我迎着和煦的微风踏上了开往秋天的列车。列车上有时只有三三两两的人，有时却是熙熙攘攘的人群。有的人在大声说话，有的人在窃窃私语；有的人在左顾右盼，有的人在低头沉思；有的人满脸灿烂，有的人愁容满面……开往秋天的列车，车内车外都是风景，只是不要辜负了行走的脚步，不要冰封了自己那颗永远年轻的心。

盯在一处，所得有限

1

作为一名孩子的家长，自然十分关注孩子的学业、发展以及未来。

关注孩子的学业是必然的。最能体现学业的便是学习成绩，任何一位教师或是家长都逃脱不了对"分数"的渴望与追求。

初中，学习的科目一下子增多，康有些慌乱，不知道自己究竟要做些什么，加之做作业的速度较慢，到深更半夜是常事。如果是"怒火"那将会一事无成。康到了叛逆期，已经不是当初的那个小娃了。改变孩子，首先要改变自己。学会忍耐，寻找方法，研究对策，成了常有的事情。

高中，人生求学过程中要经历的一个重要阶段。没有高中三年，对于人生的历练来说是不完整的。高中三年，学习成绩（分数）又是迈不过去的一关。此时此刻，我们与康之间逐渐形成了朋友关系，更多的是协商、交流，还有鼓励、支持与加油。

纵观12年的历程，学习成绩是极其重要的，但学习成绩是与生俱来的吗？不是！学习成绩的优劣根源在于孩子对学习的内容（学科）是否有兴趣，在于家长对"学习成绩"是否有一个全新的、全方位的认识。如果是短期的在意，那么只能是暂时的获得。

没有学习能力的孩子，就不会有长足的进步，自然也就没有学习的技巧、方法与终端显示可言。所以，"短期看成绩"说的便是一个"短视"行为。真正的"点"在于关注孩子对学习的热爱，对授课老师的喜爱，对自我信心的提升。

2

语文课结束后，小时跑到我的面前，乐呵呵地问了我一句话："老师，我是否还可以参加读书月呢？"

我想也没想，说："当然可以，只是要跟组长说一下，因为当初你们退出来，组长还是比较难过的。"

读书月开始的时候，第一阶段是读书摘词、摘句，写句、写感受等形式，大多数孩子都不反对，觉得这样的内容不是很困难。第二阶段刚开始，形势就发生了变化——许多孩子纷纷退出了。当初，我跟孩子们约好，这是一个自主选择的事情，不强迫，孩子们退出时，我只是说了自己的意见，并未过多地批评。

许多孩子上交精彩的创作，获得好评时都会得到"特别嘉奖"：盖有"超级棒""文笔小作家"的印章图卡。

"老师，后面我能不能接着写呢？"小淼睁大眼睛问。

"怎么说？"我有些不明白。

"就是报名参加接龙故事的人写完后，后面我是不是可以继续写呢？"小淼解释着。

"是呀，我也想问这个呢。"小时在小淼的身后探着脑袋问。

"对，对，对，我也想问。"小瑾嚷嚷着。

"可以呀！"我肯定地答着。

几个孩子得到了这样的回答，欢呼雀跃。

这就是兴趣使然吧！兴趣，就是最好的老师。一旦有了兴趣，无须教师说教，孩子们自然能够将自己置身于学习的主体地位。

　　孩子们的兴趣被激发起来后，内驱力是无穷的，他们对教师也好，对课程也好，对学校也好，对整个学习也好，都有一种"向心力"，这不是哪一位家长、哪一位老师所能给予的。这样的"内心"强大了，难道还没有一个满意的、持续性的学习成绩吗？

3

　　什么是"格局"？"格"是对认知范围内事物认知的程度，"局"是指认知范围内所做的事情以及事情的结果，合起来称之为"格局"。

　　"活到老，学到老。"这样的话语证明了"学习"不是一时之举。对于学生来说，小学、初中、高中，乃至以后大学、研究生、博士，或是走上工作岗位等，都是一个未知的"局"。

　　学习是一个长期的"格局"。

　　"未知"，是否意味着不可预测呢？当然不是。"未知"是未来的一些内容，但目前对未来可以做一些认知，认知的程度跟家长、老师的"格局"有关。

　　长远的规划，这是对"未知"的一个预判，然后去"行走"。做了，才能知道有哪些需要完善；做了，才能知道哪些是适合自己的；做了，才能知道自己究竟有哪些可能……倘若只盯在一处，所得就非常有限。

　　三个工人在工地砌墙，有人问他们在干什么。

　　第一个人没好气地说：砌墙，你没看到吗？

　　第二个人笑笑：我们在盖一幢高楼。

　　第三个人笑容满面：我们正在建一座新城市。

　　10年后，第一个人仍在砌墙，第二个人成了工程师，

　而第三个人，是前两个人的老板。

　　低头走路，总会磕磕碰碰；抬头走路，就会看到天边五彩的晚霞，"人无远虑，必有近忧"。

静能生慧，智者无忧

1

总有一点点的思念藏在那不被人发觉的心窝窝里，也总有那么一点点的感怀埋在自己的记忆里，如同过往的云烟，你注意，它就那样地飘呀飘地走了。

乔治·塞尔登似乎就是这样一个人，你看不到他的影子，看不到他满脸淡淡的忧伤，更看不到他内心那一份思乡、思亲的惆怅。

但，假使你正襟危坐地看完《时代广场的蟋蟀》，他的那一点点的心思、那一点点的哀愁、那淡淡的情愫就会在你的眼前萦绕。

一只名叫柴斯特的蟋蟀经不起腊肠香味的诱惑，跳到野餐篮子里，不小心从美国康涅狄格州来到纽约时代广场。如果在报刊亭卖报刊的玛利欧没有听到柴斯特的鸣叫，柴斯特就不会结识玛利欧，还有塔克老鼠和亨利猫，也就不会发生火灾等一系列意想不到的事情。

当然，如果不是音乐老师史麦德利，柴斯特估计也只是一只普通得不能再普通的蟋蟀，也不会成为纽约时代广场的"著名音乐家"，更不会为玛利欧一家穷困的生活带来好运……

所有的这一切，都是一次次偶然，也是一次次必然。

只是,我看到的不是这些,而是关注了作者——乔治·塞尔登。

乔治·塞尔登,出生于美国康涅狄格州。从康涅狄格州的耶鲁大学毕业后,去罗马留学一年,此后一直居住在纽约。

这样的介绍,看似简单,细细琢磨,猛然有一些新的发现——

塔克跳了上去,坐在柴斯特旁边,把它从上到下打量了一番。"你是蟋蟀,"它挺钦佩地说,"原来你是只蟋蟀。我以前从来没见过蟋蟀。"

"我倒是常常见到老鼠。"柴斯特蟋蟀说,"我在康涅狄格州的老家就认识好几只。"

"你是打那里来的?"塔克问道。

"是啊!"柴斯特说,"我看我是再也回不去了。"它又幽幽地补了一句。(第三章《柴斯特》)

一只从康涅狄格州来的蟋蟀,从康涅狄格州来的乔治·塞尔登,而且是"此后一直居住在纽约"。

难道这是巧合吗?不,这是作者刻意的安排。我觉得这只叫"柴斯特"的蟋蟀就是"乔治·塞尔登"。乔治·塞尔登热爱音乐。柴斯特的一切特征似乎都与这个"介绍"吻合。

读到这里,我便有了那么一点小小的欣喜。继续深入地阅读,另外一个人的身影映入了我的眼帘——史麦德利先生,玛利欧家报摊的老顾客,一位平常的音乐老师,为柴斯特的音乐天赋所折服。

是不是史麦德利先生就是一个局外人呢?我仔细地阅读文章的内容,结合他的身份,他是一个"音乐老师",对于报摊上的刊物,只选择音乐类的,看来他是一个热爱音乐的人。恍然间,我明白了:史麦德利先生也是"乔治·塞尔登"的另一个化身。

柴斯特后来成为纽约时代广场的明星、"音乐家",本可以继续"辉煌",但它却做了一个令大家出乎意料的决定——

"我想我只是有点儿九月的忧郁。"柴斯特叹了一口气说着，"就快要秋季了，这正是康涅狄格州最美的时候。所有的树都在改变颜色，每天都是晴空万里，一望无际。只有天边偶尔会出现一点点烧树叶时升起的缕缕轻烟。这时，南瓜也快要收获了。"

"我们可以上中央公园去，"塔克说，"那边的树叶一样会变颜色。"

"那是不一样的。"柴斯特说，"我渴望看到收获的那些成堆成捆的玉米。"它停了一下，然后显得有些局促不安地说道："我本来是打算暂时不告诉你们的，但是想想还是早点儿让你们知道比较好。我要……我要退休了。"

"退休！"塔克尖声叫道。

"是的，退休。"柴斯特轻声地说，"我很喜欢纽约，也很喜欢有这么多人来听我演奏，但是我更爱康涅狄格州。我想回家去。"

"但是……但是……但是……"塔克急促地说着。由于事情太突然了，它一下子慌了手脚，不知如何是好。

"我很抱歉，塔克，但是我已经下定决心了。"柴斯特说。（第十四章《奥尔甫斯》）

这段"幽幽"的描述，我们或许不很明白柴斯特（哦，不！应该是乔治·塞尔登）那种"思乡""思亲"有多么浓烈。

乔治·塞尔登在后来的一段回忆中这样说："一天晚上，我坐地铁回家，经过时代广场时，突然听到一只蟋蟀的鸣叫……"而正是蟋蟀的这声鸣叫，唤起了乔治·塞尔登对故乡——康涅狄格州乡村生活的怀念与记忆，也成就了这本流传于世、1961年获得纽伯瑞儿童文学奖银奖的《时代广场的蟋蟀》。

2

记得小时候，我常常趴在屋前的栏杆上向远方眺望，想象着那遥远的河埠头有一群一群的天鹅飞起，自己能与它们同行；站在梧桐树下，听着蝉撕心裂肺的鸣叫，总想能控制住它内心的那份烦躁，等等。其实，我也知道，这些都是幻想。

幻想，陪伴着我走过了门前的河流；幻想，陪伴着我走过那有着杨柳依依的堤坝；幻想，陪伴着我走过"呱呱呱"清唱的荷花池边。我从来没有奢望过我的幻想能够成真，这一切都是遥不可及的，是不可想象的。

我也常常对大人们说："我要是能与水底的鱼儿说说话，那该多好！"得到的是"别做梦了"。

我也常常对小伙伴们说："我要是能有一本万能的书，想变什么就能变什么，那该多好！"得到的是"别痴人说梦话"。

幻想的意义是什么？王林柏的《拯救天才》给了我一个清晰的答案。

天才是痛苦的，因为他的才能、天赋无人能及。天才是孤独的，因为他的想法与行为总是特立独行的——麦克就是这样的一个天才，虽然他只是一个10岁的小男孩。

好在，天才也有真正的朋友。麦克有乔乔这样一位知心的好伙伴——一个个子高挑，身体结实，阳光而健康的女孩子。

他俩阴错阳差地乘坐时光机来到了中国的西周时代，拯救了一个叫师偃的天才工匠。原本出于好意的他俩在拯救师偃的过程中，看到了师偃作为能工巧匠的那份"另类"，也遇见了师偃创造出的木乙——已经具备人类感知的木制机器人。他有思维，有判断，有语言，有行为，有自我处事能力。同时，麦克和乔乔还见识到了师偃制造的古代机器人金甲。

为了维护师偃的声誉，麦克和乔乔深入宫廷做了一次冒险之旅。为了师偃、木乙不被穆王杀害，他俩冒险实施了"拯救计划"。为此，他俩还不小心改变了人类历史中牛顿被苹果砸中头发现万有引力的故事、阿基米德在浴池中发现"阿基米德定律"的故事……

这些无意中被改写的历史会对后世造成不可估量的"损失"。为了弥补自己造成的"损失"，天才少年实施了一次又一次的"拯救计划"，终于让"天才"们回归本位。

历史人物、历史事件、重大科学发现……在不同的时空错位中一个接着一个地闪现，一个又一个地被"拯救"。王林柏以丰富的想象力，充满童真童趣的笔调，向我们展现了富含善良、友谊、坚强以及勇气的一个个画面，使我们坚信：异想天开，一切皆有可能！

3

"作文"和"奇案"是风马牛不相及的两个词，怎么会搁在一起？这本就是一件值得我们好好去琢磨的事。假使将这两者结合在一起，那会生成一种怎样的奇思妙想呢？

"作文里的奇案"。

就是这样的一个标题，你会作何感受？

仔细地推敲一下，或许我有这样的一些思考——

写作文时，是否以一个"奇案"的情节展开，并且为之历险呢？

发生了一桩"奇案"，破案人员以"作文"的形式来进行记录，并且得到了许多的灵感呢？

究竟是"作文"，还是"奇案"？

再仔细琢磨一下，还是"作文"为先，"奇案"随后。因为有个"里"字表露它们之间的一种联系。说到现在，没有一个统一的答案，我们还不如从头到尾、认真地去阅读法国作家伊夫·格勒韦的《作文里的奇案》。

　　伊夫·格勒韦何许人？资料显示：伊夫·格勒韦，1961年出生于法国，目前从事教师职业。多年来，他热爱文学创作，作品多围绕亲情、友情、个性和独立精神等主题展开。凭借超凡的想象力与扎实的文字功底，格勒韦深受法国中小学生的喜爱，代表作有科幻小说"逃离岛"三部曲。关键有两点最为重要：教师、想象力超凡。《作文里的奇案》是他的一部视角独特的侦探小说。视角独特在哪里？就是标题中的"作文"和"奇案"。

　　这部作品的故事开始于一堂作文课。男孩埃尔万的法语老师给大家布置了一份特殊的作业：要求全班25个同学在早上9点至10点半之间，散布到小镇的各个角落，去仔细观察和体会，回来后写下自己的所见所想。谁料就在这个时间段，一向和平的小镇居然发生了一起谋杀案！更出乎所有人意料的是，这25篇作文最终让25个同学都化身为侦探。这普通的学生作业里，究竟暗藏着什么蛛丝马迹，到底是谁无意中写下了最为关键的线索……

　　最值得我们阅读的倒不是探案的历程，而是这25篇风格各异的作文，每一篇后面还附有老师辛辣的评论。假使大家不厌其烦，就来阅读以下这25篇作文的标题：

　　　　埃尔万·G《真正的生活在远方》

　　　　桑迪·M《末日恐惧》

　　　　萨洛美·B《恐怖的一小时》

　　　　卡桑德拉·K《街上的行人》

　　　　伊内丝·L《面包店附近的肖像描写》

　　　　玛尔维娜·D《好人和坏人》

　　　　米南·L《动物纪录片：清晨热带草原上的一汪泉水》

　　　　克莱芒丝·T《可疑的男女》

　　　　阿波利娜·J《压迫的教堂》

　　　　雅丝米娜·G《鲁迪的忏悔》

弗拉维亚·L《愿望的启事》

帕克·C《十字路口的"雌雄大盗"》

克莱亚·C《我站在瓦尔密桥上》

朱莉·C《想象中的风景》

法图·D《手持一束花的男人》

斯蒂文·C《城市中心的女孩们》

玛蕾瓦·R《盲人体验》

莫拉德·E《他和她》

埃丝特·D《孤独的遐思》

雨果·C《我是一只在教堂边站岗的垃圾桶》

菲勒蒙·M《被劫持的男人》

索菲·D《我们身边的昆虫》

朱尔·B《一名打电话的女子》

阿尔德里克·G《一张小画》

弗拉基米尔·S《乞讨者》

这些作文题材丰富，包括诗歌、叙述文、议论文、科幻文，等等。每个人都是根据自身的实际、自身的爱好，或者说是自己擅长的表达方式"写出"自己的所见、所闻，甚至还有所思。但，好奇心必定驱使我们去想：这样的"作文里的奇案"与平时我们对孩子们的"作文教学"又有着怎样的联系呢？

通过阅读这部作品，我们会得出这样一个清晰的感受：对周围事物要有敏锐的感触，要有细致的观察，要有独特的思考。这三个"要"也就是我们平时教会学生"阅读"＋"写作"的"延伸法宝"。

正如本书的前言所言："要想成为写作文的高手，就要培养出敏锐的观察能力。而要做侦探，也没有太多的诀窍——认真观察，找出事物的表面之下隐藏的联系。这就是侦探推理的秘密，也是写好作文的秘密。"作者通过一个离奇的侦探故事，在不知不觉中让我们阅读了大量的"作文"信息，从而内化为自身的认知，前后关联、逻辑并行，最终达成了"奇案"的终结。

这样一来，"写作"就是"侦探"，"侦探"也就是"写作"。

4

读一本书，你关注的是什么？是作者本身的经历，是书中描绘的一个又一个鲜活的人物形象，还是这些故事背后的"故事"呢？或许什么都没有关注，就是"看了"。

读一本书，你的阅读方式是什么？是看了目录去寻找让自己感兴趣的故事，还是认认真真地将一本书从头到尾、一字不落地读下来？或是读了这本，又去寻找与之相关联的作品，兴许是作者的同类作品，兴许是同类别的作品，兴许是同题材的作品。

也许，以上的林林总总，你都有。

也许，你对于阅读就是"读"，除此之外没有其他。

说到这里，我知道你要问我什么。哈哈，是不是："你关注什么？你在意什么？"

告诉你，我关注的是作者，在意的是作者描述的故事的来源，思考的是作者为何要写这样的故事。比如，我阅读了儿童文学作家曾维惠老师的《你好，四面山》之后就是如此思考的。

曾老师为什么要写《你好，四面山》？我个人觉得因为她生活的环境影响到了作品的取材：素材一定是来源于生活。为什么这样说？这要从作者本人说起。

曾维惠，儿童文学作家，中国作家协会会员，鲁迅文学院第十九届中青年作家高研班学员，重庆市作家协会全委会委员，重庆文学院首届签约作家，江津区作家协会副主席。

有人说，这有什么！这不就是对一个作家的介绍吗？

这点很重要。《你好，四面山》写的是"四面山"的故事，而这座山位于重庆江津区南部。看出来了吧！作者写的就是家乡的故事，发生在身边的故事。如果你还不相信，那我把开篇一部分的内容读给你听一听吧！

　　"嗬着着，走起——"

　　"嗬着着，扭起。"

　　"嗬着起，爬——坡。"

　　"嗬着起，上——坎。"

　　"水口寺的坡啊——"

　　"陡得很的陡啊。"

　　"水口寺的景啊——"

　　"美死人的美啊。"

　　"水口寺的汉啊——"

　　"力气大得很啊。"

　　……

　　滑竿儿，就是二人抬的轿子，说得文雅一些，叫二人小轿；抬滑竿儿的人，说得文雅一些，叫轿夫。在两根结实的长竹竿中间，绑上用楠竹片编成的躺椅，再配上脚踏板，就成了滑竿儿。

这旅游景区特有的交通工具滑竿的使用场景跃然纸上。试想，一个没有亲身经历过或没有家乡情结的作者，能否写出那一句句的号子？能否写出滑竿儿的模样呢？

"问渠那得清如许？为有源头活水来。"只有深入生活，才有探寻与发现，才能触摸到生活的真实。

《你好，四面山》看题目似乎是写景，其实是写情：男孩毛山、毛山爸、毛山爷爷三个没有血缘关系的一家人，毛山与邻家女孩桂花之间的友情，毛山一家与"斤斤计较"的桂花爸妈之间的真情。

他们之间发生的冲突、帮扶，都融汇了人世间最真的"情"。

作者以经历表真情，以朴实表真情，将自己的情感融入笔尖，努力使每个词、每一句话都充满感情色彩，表达出内心真切的感受。文章结尾这样写道——

四面山的夜，很静，很美。

毛山和桂花来到杉树林中，他们在小树屋里添了一些食物：花生、玉米粒儿、麦粒儿等。然后，毛山和桂花背靠背地坐在树下，看着美丽的山林和夜空，不禁有些陶醉。

"四面山，你真美！"毛山说。

"我们爱你，四面山！"桂花说。

忽地一颗流星划过，发出耀眼的光芒。

"哇，流星！"桂花欢呼。

"赶紧许愿。"毛山说。

毛山和桂花都赶紧闭上眼睛，各自许了愿。

许完愿，毛山和桂花都没有问对方许了什么愿，因为他们都相信一句话：如果把许的愿说出来了，愿望就不灵了。

毛山和桂花的愿望，天上的星星知道，四面山里的山岩知道、树林知道、花草知道，瀑布也知道……

正所谓写到情深处，自有神来笔。只有敞开自己的心扉，抒发自己的真情实感，故事才能打动人，读者也才能爱不释手。

来是偶然，走是必然

1

在知了声嘶力竭的日子里，我离开生活了20多年的故土，没有鲜花，没有掌声，有的只是默默地离开了。

不是你走，就是我离开。友人说。

我愕然地、带着失落的眼神看着友人那庄重的表情，想极力地看透友人内心那份执着、那份内心深处无法触及的答案。

除了知了叫，我再也听不到其他的解释。

年少，就是轻狂。

年少，就是无知。

年少，就是不知忧郁的岁月。

有着一团团火一样热情的少年，在月明的夜晚聚集在一块儿，钻入满是果香的果园，你采摘一颗，我采摘一颗，瞬间如同孙悟空摘仙桃一般地席卷而过。

月夜下，清风吹拂过如白银般的道路，洒下片片碎玉般的银辉，留下阵阵欢笑的小夜曲。左一个你，右一个我，中间的那一张张纯真的笑脸，还有左顾右盼地张望着两边站立的人。你一张照片，我一张照片，指指点点，片片回忆。

街灯如约亮起，也总是如约熄灭。灯映着影，影映着灯。不知是你照亮了我，还是我在反衬着你。虫儿总是在夏夜一次次地飞扑而去，又一次次地灼伤而退。

蝶儿飞来又飞去，燕儿来了又去了，你不知是在哪个时刻不见了踪影。

问蝶儿，它摇头。

问燕儿，它默然。

去就去了，走就走了。不问原因，不问方向。门前的小河总是干了又润，润了又干，起起落落，落落起起。

少年的我，总爱看着院子里那棵老去的梧桐树，数着一片又一片落下的树叶，伤感着一年又一年岁月的逝去。

2

夕阳伴着彩霞渐行渐远，门前落满斜斜的金黄色的余晖，那些排列在墙体上的绿色忽然间变成了绛紫。

小鸡们围着母鸡妈妈，叽叽喳喳地啄食着地面的那一粒粒的石子，也不知是寻找到了虫儿，还是在玩着游戏。公鸡昂着头，迈着坚实的步伐，扑棱着翅膀飞上了鸡笼。

炊烟袅袅，从厨房内飘出阵阵的香味，伴随着母亲那轻轻的责备，嘴馋的孩儿总是嚼着东西奔出屋子，欢快地在每家每户的门前蹦跳着。

一排铁栅栏，挡在每户人家的屋前，也挡住跌落到池塘里的危险。院落东边的那棵大梧桐树乐呵呵地看着院子里屋前屋后巷道间追逐的孩童们。院落西边的那棵松树则默默地挺立着，不声不响，与那高高的水塔楼相伴成趣。

随着岁月的变迁，院落外的台阶有了零零散散的斑驳、脱落。不知何时，院落内你搬你的，我搬我的。还是在那夕阳西下金黄云彩的映衬下，我们来到了西边另一处院落的两间小屋内，只是原来那大大的许多家共有的院落成了自家朝北的一个小院落。

来的当日，父亲又开始了忙碌。

他垒砌一块块的碎砖，将捆扎好的一根根竹棍搁在碎砖上，一个安全的小院落就这样形成了。

时日不多，那碎砖上陆续多了些绿色，有栽种的大蒜、葱头……还多了许多五彩的花朵，有时是粉红的喇叭花，有时是黄黄的牵牛花，有时是红艳的"洗澡花"，有时是紫色的蝴蝶兰……

3

搬把椅子，坐在这新建的小院落内，享受着百花丛中的那阵阵芬芳。

日起日落，月上眉梢。

向西挪两米，有一棵梧桐树，时常在秋季落下片片树叶，宽大、厚实，略显灰黑。

雨滴落下，敲打着一片片的树叶，发出轻微的"啪啪"声，树叶还时不时地震动一番，甚至还被敲打得翻个身，满身都湿透了。

梧桐树依旧，小院落内的那个孩童熟悉的身影却已远离。

别了，我的老屋！

时光静好

1

石臼湖畔，杨柳依依，一头头的水牛在悠闲地吃着路边的嫩草，不时发出"哞哞"的叫声。牛背上端坐着一位少年，他眺望着湖中心的小岛，思绪也漂流在小岛的四周。

小岛上空白鹭盘旋，清脆的鸣叫若即若离地传入少年的耳内。他一个翻身，跃下牛背，仰面躺在路边的草地上，看着天上飞来飞去的小雀儿的身影，自身也飞了起来，飞至那深邃的湛蓝湛蓝的天宇之上……

林荫道上，少年背着早已洗得发白还打着补丁的书包，走向视线尽头那一排排低矮的房屋，这里是少年最喜爱的乐园——一所乡村学校。在这里，他如饥似渴地汲取着来自书本的知识，提出许多稀奇古怪的问题。老师们即使被问得面红耳赤，仍年复一年地以赞赏的目光关注着少年，如呵护碧玉般地细心呵护着他。

周围从宁静变为了喧闹，那个曾经的乡村学校成了小县城最好的中学。少年埋头苦读，那求知的眼神常常让老师们感到欣慰，那探求的品行常常让学子们争相学习……

窗前的树木青了又绿，绿了又黄，黄了又凋，花开花落，雪落雪化，反复轮回。少年对窗外蔚蓝的天空心存遐想。在骄阳似火的日子里，少年步入了北方心仪的名牌大学。他如同鱼儿那般，畅游在无尽的大海之中，吮吸着来自大学校园的甘霖。

2

穆，清秀的孩子，一副讨人怜的样子。她总是睁着大大的眼睛，观察着眼前所有的一切，也总想象着眼前有蝴蝶飞过，有蜗牛爬过，甚至还有一群群的海鸥滑翔而过。

今年，她走进了鸟语花香的校园，看到了树木苍翠，绿草茵茵。她惊呼：我喜欢！我太喜欢了！一群群的小鸟在校园里飞翔，她也似鸟儿一般地在校园里奔跑着，颗颗汗珠总在鼻尖不愿落下，晶莹透亮地看着这个世界。

课间，穆总喜欢站在教室外的活动区域内，用手抚摸着那一株株的小黄杨，有时坐在垒砌的大石块上。好朋友坐在她的旁边，两人头对头、嘴对耳地说着悄悄话。一有人路过，两人就哈哈大笑起来，惹得别人有些不知所措。

四人一组的跳绳活动也开始了。"马兰花开二十一，二八二五六，二八二五七，二八二九三十一……"穆的小辫随着她的欢蹦也上下起伏着，似彩蝶上下翻飞。

铃声响起，孩子们鱼贯而入回到了自己的教室。随着老师娓娓动听的讲解，每一个孩子都瞪大眼睛等待着故事的下一个精彩情节。

穆歪着头，托着脑袋，痴迷地倾听着老师讲故事。渐渐地，穆犹如踏着彩云，扇动着身后天使的翅膀，在云端飞舞。

每日里，穆与众多的孩子一起张着一对对隐形的翅膀，舞动着快乐的双翼，飞旋在校园的角角落落。

3

校园铺满金黄落叶的道路上，有少年矫健的步履；浓密树荫下的座椅上，有少年阅读的身姿；摆满瓶瓶罐罐的实验室，有少年专注的身影……渐渐地，少年成了青年，他竭尽全力地获取来自多角度、多方位的知识能量，求得那未知领域的知识。

校园内来了一批学者，相互交流的氛围异常浓厚。一簇簇的人群中，青年也在其间。他侃侃而谈，对天体宇宙的独到诠释，对人文历史的独辟蹊径，令在场人刮目相看。

学者惊呼："你有如此深厚的底蕴，不知你多大？"

青年语惊四座："我已有两千岁！"

学者满是狐疑："你年纪轻轻，何来两千岁呢？"

青年慢条斯理地说道："我国历史悠久，从远古时代先人就开始探求未知的自然。从古至今，中国追寻科学真相的脚步一直都没有停止过，我紧随前人的步伐，一步步走来，前后难道没有两千岁吗？"

学者恍然大悟，点头称是，竖起大拇指，啧啧赞叹。

何来不"花香"

1

了解一所有积淀的学校，无须"新口号"，无须"新潮流"，无须"新花样"，要的是"传承"。早些年，学校每间教室的玻璃窗上总能见到那六个红字：严教、实教、善教。

"严"字当头，是每一件事情是否能做成、是否高效实施的前提。没有"严"，一切都将会变得敷衍，变得草草了事。对学生，对教师自身，或是对待教育教学都是如此。

星期五，L老师去参加优秀班主任培训，我临时带班做了班主任。活动课时间，我看见操场上活跃着一群学生，原来那是本班的。他们站成一排，不知道在做些什么。

我满怀好奇，喊来了班长小蓉，指了指与她同行的人："小悦在操场做什么呀？"

小蓉朝操场张望了一下，然后笑嘻嘻地说："那是在准备星期一的升旗仪式。"

"星期一升旗仪式要做什么呀？班级难道有喜事？"

"当然有好事啦！我们班级又夺回了流动红旗！"小蓉开心地笑着。我看了看本是悬挂流动红旗的空荡荡的墙面，又看了看正在操场上准备的小悦，内心也是一阵欣喜：孩子们通过自己的努力，终于又夺得了流动红旗，这是班级的荣誉，也是班级的大事。

兴奋之余，我拨通了L老师的电话："告诉你一个好消息，班级又夺得了流动红旗！"我能感觉到她的欢乐。

星期一，全班的孩子们看着小悦代表班级在升旗台上领取鲜艳的流动红旗，个个脸上都堆满了笑容。小悦把流动红旗捧回班的时候，孩子们可忙开了：你叫我嚷，我搬椅子，他拿抹布，高兴地把流动红旗悬挂在了老地方。

写字课，孩子们写着习字册，大队辅导员走到班级门口说："刚才看到你们班的祝××和另外一个同学在搬弄操场上的围栏。万一栏杆断了，掉下来砸了他们可不得了！"

还没等我反应过来，她便走了。

放学之后，两个孩子被留了下来。孩子们也意识到自己的行为不对，并保证绝对不再犯这样的错误了。我心中嘀咕起来：是不是就这样轻易地相信他们的话，还是让他们牢牢记住这次教训呢？

两个孩子似乎察觉到了我犹豫的态度，更加不停地发誓。

"不行！一定要进行严肃处理！否则刚取得的荣誉不是失了分量吗？"我板起面孔，"我们班刚刚才被评为优秀班级，流动红旗也是全体同学努力换回的。你们的行为已经影响到了我们班的形象！"

第二天，孩子们陆续地来到班上准备上课，发现悬挂在教室前面的流动红旗反面朝着大家。挂反了？孩子们再仔细一瞧，旁边还有一行小字："由于我们个人的原因，流动红旗失色很多，抱歉……"落款是祝××与白×。

"严"的并不是"惩罚"与"不近人情"，而是要从"严"字入手，"教"孩子们将"规则"入心、入脑，最终形成自觉的行为意识。

2

教育教学容不得半点的虚浮，也容不得夸夸其谈，要实实在在，让孩子们踏踏实实地接受知识，形成技能，达成品质培养的最终目的。

一个月的班委试用期过去了，新上任的班委们提心吊胆地等待着大家的评议。"小蓓在班长岗位上干出了成绩，小甫同学表现比以前进步了许多，这一个月中，体育委员工作干得很出色……"

一天早上，小甫跑到我的身边问："老师，是不是任何同学都可以参加竞选？"

"那当然！要不然怎么叫竞选呢？"我坚定地回答。

小甫满意地点了点头。

"你参加吗？"我追问着。

小甫笑了笑说："我哪行啊！"

"要相信自己能行！"我鼓励他。

小甫没有再说什么，走开了。下午休息时间，我来到班上巡视课间纪律，发现小甫趴在桌子上正在写着什么。

我问他："写什么呀？"

小甫见我站在他的身边，忙收起了纸张，说："没什么！"

竞选的时间到了。主持人宣布竞选开始，我意外地发现小甫也在竞选的行列。我看了看小甫，他也正看着我，我朝他笑笑，他也笑了笑。

轮到小甫宣读"竞选纲领"了，只见他走上讲台，拿出稿子，大声地读道："我竞选的职位是体育委员，我爱好体育，我想……"接下来是宣布结果，小甫当选为体育委员。我看着小甫，他也正看着我，我朝他笑了笑，他也笑了。

下课了，我来到他身边，说："祝贺你，希望你在任期内把我们班的体育工作搞得更有起色！"

他咧着嘴回答："我一定！"

"你怎么想到竞选体委这个职位呢？"我追问着。

他看着我，笑着，停了片刻，说："老师，您不是经常说'不想当将军的士兵不是好士兵'吗？"听了他的回答，我笑了，小甫也笑了。

"老师，您相信我能做好这项工作吗？"

"我相信，你能行！"

"谢谢您，老师！"

任何时候、任何地点我们都要坚信孩子们是一个个"实在人"，他们能实实在在地做好自己的分内工作，一定能"行"。因为孩子们同大人一样：渴望得到赏识，渴望被瞧得起。"实"，满足了学生内心深处的需求，从而使他们的潜力得以尽情发挥；"实"也体现了教育教学真正为学生服务的真谛。

3

年年如此，教学的内容似乎都是一成不变的，但又都是每日、每年都面临着新的变化。这需要教师们能够"善教"，拥有更多的课堂教学艺术。

为了增强同学们对语文学习的兴趣，老师今天上课的时候让学生们进行了一次"古诗积累"对抗赛。比赛开始的时候，老师首先讲解了比赛的规则，然后宣布："比赛开始！"

结果，老师很失望：双方队员竟然没有一个敢先举手的。老师思考着：问题出在哪儿呢？仔细回顾每个环节，得出了一个结论：因为对抗赛没有在课堂上形成一定的气候，学生怕失败而使得本队丢分。

老师再次鼓励："第一个发言的应该是最强、最勇敢的！"底下有了窃窃私语的声音，但还是没有人敢当"第一"。

老师又抛出具有诱惑力的话语："第一个发言的是勇者，我们将给予奖励，分数上肯定有所区别，要另外加分的！"话音刚落，小婧便站了起来，她首先诵读了《四时田园杂兴》，一石激起千层浪，对方的队员一看这种情形，赶紧派出了实力队员进行对抗。

学生们激烈地进行着对抗，双方代表队争得面红耳赤。现场一片热闹的气氛。此时此刻，老师是多余的，只能站在旁边瞧着他们你来我往地比试。一场激烈的比赛得以圆满完成。

收拾"残局"，打扫"战场"，点评双方的"实力"，老师做了总结性发言："双方队员进行了很好的较量。从总体上来看，不分上下，今天的对抗赛1:1！"

学生们欢呼着，因为"皆大欢喜"。

这时，小婧同学站了起来，说："不，老师！我不同意你的意见，我认为今天的比赛结果应该是我方胜利。"同学们你瞧瞧我，我瞧瞧你，不知为了什么。

小婧转向大家："比赛开始的时候，班上没有一个同学敢第一个站出来进行比赛，而我做到了。"她停顿了一下，接着说："老师刚才不是说了'第一个发言的是勇者，我们将给予奖励，分数上肯定有所区别，要另外加分的'，既然我是第一个发言，那么您应该奖励我'勇气分'！"她停了下来，等待着老师的答复。

多么了不起的"勇气"，多么有分量的"勇气分"，这是实现自我的"分"，这是肯定自我的"分"，老师二话没说，转身拿起红色粉笔在黑板上重重地画上了"勇气分"。

这样的课堂教学，不单单是为孩子们喝彩，也不单单是为那"勇气分"欢呼、喝彩，也是老师为自己的"善教"做了一个最好的诠释。

作为一名小学教师，我觉得按部就班不是坏事；不按部就班，能按章进行教育教学，也是可贵之处。"章"，从小处来说，就是自己给予行为的一种指向；从大处来说，就是规则、规矩，或是准则、纪律。

如同登山

你有过登山的经历吗？如果有，一定会让你说出许多的感受；如果没有，那我要告诉你，你是遗憾的！遗憾在哪里呢？那就是一点：没有"心"的感受。

"只有天在上，更无山与齐。举头红日近，回首白云低。"这首诗出自北宋名臣寇準的《咏华山》。今年暑假，我便有幸体验到华山的奇险与高大磅礴。

华山位于我国陕西省华阴市，乃五岳之一。华山的主要山峰分别为东峰、西峰、南峰、北峰、中峰，其中西峰的景色最为优美，于是我选择了攀登西峰。

华山的道路非常陡峭，必须用手紧紧攥住铁索或扶手才能勉强前进。因为华山的石阶时高时低，时缓时险，所以爬起来相当吃力，每前进一小段就会气喘吁吁。然而区区困难并没有阻碍我前进的步伐，反而使我感到带有挑战性，便越发想登上西峰。

在登山的几小时中，令我印象最深刻的一段经历便是石头坡道与"天梯"了。那一段用石头凿成的坡道凹凸不平，时而陷入，时而隆起。它还建立于山的边缘地带，右侧只有一条看起来不怎么牢靠的铁链，铁链外面还有一些疏松的灌木，而灌木外便只是万丈深渊了。左侧呢，也只有一些巨大的光秃秃的磐石。最后，再看这段坡道的宽度，最宽处仅可容一人正常穿过，最窄的地方，必须将身子斜过来，紧贴着墙壁缓缓行过。

当我好不容易通过石头坡道，即刻又遇到几乎呈九十度的石阶，我称它为"天梯"。这"天梯"虽令我非常狼狈，但我还是义无反顾地爬上去。想要顺利穿过它，必须先微微弯腰，接着握紧铁索，身体侧过来，一步一步，小心翼翼地踏着石阶，这时，如果往下看，那立马就会心惊胆战。

在攀登西峰的最后阶段，因为时间关系，我爬到"金锁关"便带着遗憾离开了华山。但如果再给我一小时，我定能站在云雾缥缈的西峰顶上。这次华山之旅虽未达到我原先的目的，但还是让我实实在在地感受到了华山的险峻与顶天立地的磅礴气势。

这是班级孩子世涵的一篇文章，他记录了登上华山的过程，也记录了登山的内心感受。登山，需要付出许多，比如时间、体力等。但，我个人觉得最重要的一点是毅力。毅力，说白了，就是坚持，坚持，再坚持。

我曾经也登过几座山，但几乎都觉得实在是简单了，比如我们家乡的无想山，有一条弯弯的道路一直延伸到峰顶，而且海拔也不高，我们无须消耗太多体力，当作锻炼身体，就能到达山顶。这样的登山，实质上不算是登山。

我攀登了江西赣州石城的通天寨，觉得那才叫"登山"。

通天寨是国家AAAA级景区，位于距石城县城东南6公里处的大畲村境内，素有"石怪、洞幽、泉美、茶香、佛盛"之美誉，自然景观与人文古迹交相辉映。

攀登通天寨的路，是崎岖的山路，并且越往上走越难。在攀登的过程中，常常看到高达近百米的悬崖，仰视那倚天而立的悬崖，千姿百态，令人目不暇接。

我在工人修的栈道上一步一个脚印地往上爬，同行的李老师告诉我："快到了！快到了！"但，我觉得那条道路越来越陡峭，看不到前面的路，只有埋头往前走。

在汗流浃背的状态下，我到达了一处用木头搭成的小亭子。李老师说："这才登了二分之一路程。"当时，我背上顿时又出了一层汗，内心充满了恐惧。到了这半山腰上，没有回头路可走，只有继续往前。此时，我的腿、腰已经告诉我"不能再往前走了"，但我还是强忍着那份难受，执着地往目的地攀登。就是在这样的精神支撑下，我最终到达了山顶，实现了目标。

我们在生活、学习中都会遇到许多事情，如同在"登山"，在翻越面前的那座阻碍前进的"大山"。那需要依靠的是什么呢？就是毅力！孩子小政曾经有过这样的体会——

　　上一年级时，就知道我们班的"跳绳大王"姜子涵了。记得第一次学跳绳的时候，我一次最多连跳7个，而姜子涵能连跳15个。从那次之后，我就特别崇拜他，一心想超越他。

　　第一次班级跳绳大赛开始了，我1分钟跳了43个，而他却跳了60个，夺得了冠军。比赛之后，我就一直默默地训练，虽然到山脚下的那一天遥不可及，但我不会放弃。经过几个星期的努力，我比以前有所进步，所以我向姜子涵发起挑战。可是他跳了132个，我跳了128个，我很激动，我感觉自己已经到了山脚下了。

　　二年级的时候，我们班举行的"跳绳王"争夺赛近十次，可是我没有一次能超越他，我屡屡拿第二，可他总是拿第一，我和他比赛的次数越来越多，而我和他的差距却越来越小，我觉得我已经到半山腰了。

全年级的跳绳大赛，也是我期待已久的比赛，这一天终于到来了，我用1分钟跳出了215个的好成绩，而姜子涵只跳了204个。比赛结束后，我根本不敢相信我打败了他，在几百个师生的呐喊下，我才回过神来，哦，我终于夺冠了。

我成功翻越了远方的大山。

假使我们遇到一点点的困难就畏缩不前，就被困难打倒，我们就永远不能取得收获，也不可能有成功的希望。我们教育孩子们在遇到困难的时候，要有毅力，要坚持。在坚持的过程中，不能三心二意，也不能半途而废。

第七辑

事来则应，事去不留

门前的梧桐树

昨夜北风吹起，"呼呼"地刮了一整夜。我时刻想象着窗外的情景，时刻想象着门前的梧桐树。

门前的梧桐树一夜间树叶落尽，只留下光秃秃的枝杈直刺天空。

我常常在梧桐树下悠闲地迈步，也曾经伫足张望那表皮干裂的梧桐树，仰望梧桐树枝头上密密层层的树叶……因为它的与众不同，所以我喜欢。

当枝头挂满绿油油的手掌形树叶时，梧桐树遮挡着阳光，树下坐在椅子上的人儿舒适、平和地诉说着自己的宏伟蓝图。偶尔飞过的云雀"叽叽喳喳"地与之聊上两句，便又"飞入青云端"，自在逍遥。

梧桐树上结满了"开心果"。那一颗颗毛茸茸的果儿"啪啪啪啪"地落入了大地母亲的怀中，立刻从四周传来阵阵"哈哈"的笑声。接着就有一群顽童捡起开心的果实，用那柔嫩的小手抚摸着、感受着来自绒球的柔软。在不经意间，"啪啪啪啪……"更多的果儿随着风儿坠落。此刻，笑声更多、更欢。阵阵余音围绕着梧桐树爬上了树梢，如缕缕云烟消逝于天宇。

_丝丝_凉风入怀。树叶"沙沙"作响，地面洒满了阳光点点斑驳的影子。这儿一簇簇，那儿一<u>丛丛</u>，似大海中游曳的海轮，又似雪地里杂乱的脚印……

　　叶儿习惯了春去秋来，看惯了树下来往的人儿，听惯了枝头鹊儿的叽喳声……在缕缕幽香中，叶儿轻摇直上，反反正正，正正反反，晃悠悠地将幸福、美满带入云际。

不常见但常相约，不贵重但常珍重

1

那是一个午后，太阳在天空热辣辣地露出笑脸。知了也在树枝上"知了、知了"地狂叫着，抒发着内心的不满。

我行走在各条巷道，寻求着帮助。

无果而终。因为大家都如同我一般，口袋都是空空的。最终，我坐在了好朋友Q家店门口的树荫底下，聊着天。

"你不常来，今天怎么突然来了？你看起来有些沮丧哦！"Q笑嘻嘻地对我说。

"路过！来这里坐坐。今天天气有些热哦！"我指了指天空。

"似乎不像。你心里有什么烦恼的事情？"Q不紧不慢地说着，也搬了条凳子，坐在我的一旁。

我将自己的困境说了出来，因为某些原因、某些机会，想购买一处房产，但身无分文，计划可能就要泡汤。

"那你打算怎么办？"Q仍旧是不紧不慢地问。

"我跟亲戚朋友们借了，可是……"我顿了顿，"大家都跟我一样，有了上顿，还要想着下顿，哪来的积蓄呢！"

"这倒也是。"Q哈哈一笑。

　　我俩又东家长、西家短地乱侃了一通。

　　夕阳西下，我告别了Q回家了。

　　一觉到天亮，我将买房的尴尬全部忘记了，觉得能有就有，没有就算了。一切都顺其自然，得有一个自我承受的能力。

　　"丁零零——"手机铃声响起。电话那头是Q，他约我去他家坐坐，我欣然同意。

　　倒茶、喝茶、闲聊……一切都是轻松愉悦。临了，Q带我来到了隔壁的屋子，示意我坐下。他转身取出一个报纸包裹的东西，打开，放在小茶几上，说："昨日听说你买房为难，我凑了这些钱，你拿去吧！"

　　我愣了，看着Q，不知说什么。Q也没有说什么，重新用报纸包裹好钱，用一个布袋子装好，递给我："拿去吧！"

　　事后，我一直没有钱归还，Q也没有跟我追要、索还。其实，他自己当时也在筹钱，用于自己小规模的经营，但对我只字未提。

　　多年以来，我们之间有事就电话说说；没事，相互也没有联络。真正的朋友是无须多说，也无须矫情，在你需要的时候就会出现。

2

　　某日，我电话约了L，想与他小聚。他说："好的！就在那个小面馆吧！"我俩相约在那个不起眼的小面馆，一人一碗面，外加几块羊肉，吃得香，相谈甚欢。

　　聊了一会儿，各自挥手离去，也没有更多的话语。

　　没有太多的风卷云涌，也没有太多的火热场面，清清淡淡如同那碗面，一筷子就能见到底，一口气能谈笑风生。

　　聚，简单从容；散，简单淡定。

　　那个冬日，天气有些冷。凌晨，我被一阵头晕目眩惊醒。结果，造成了时至今日的突发性、不可逆转的耳聋。

某日，一位曾经的学生 X 打来电话，说要来看我。

我有些突然：这么多年过去了，他怎么突然要来看我呢？

X 不但来了，还带了他的媳妇。进门、落座之后，我们谈到了从前。许多事情不说似乎不在记忆之中，被谈及，忽然间觉得那就在眼前。

X 说到了自己的家境，说到了自己的求学之路，说到了我对他的好。我有些惊讶——当初他由于贫苦，交不起学费，每个学期都是由年迈的奶奶带着来。为了能够让 X 继续学业，我发动了全班同学进行捐赠，有的孩子送本子，有的送铅笔，有的送小礼物，更多的同学捐了钱，等等。

我还积极地让 X 参加活动。记得那时小城的教育系统组织的一次作文比赛，我问他有没有信心去参赛。他非常肯定。经过一段时间的练习，他最终获得了很好的成绩，并且获得了那个年代很珍贵的稿费。

过了几十年，X 还一直记着其中的点点滴滴，如数家珍。说到情深处，他还有些哽咽。

受惠过的事情刻在岩石上，帮助过的写在流沙上，梦想过的记在心头上。

莫欺心

曹坐在座位上，看着鱼贯而入的人，一个个地落座。这时，好友洋也来到了会场，坐在离曹不远处的椅子上。

"哎，今日开什么会？这么神秘兮兮的。"洋总想从曹这里获取什么信息。

曹摇了摇头，因为他也不知道究竟为什么要召集大家开会。

"听说，今日来人考察后备力量的人选……"洋说的话一串一串的，这些在曹看来都是毫无意义的。

"哎，你记得要帮我哦，我们是兄弟。"洋说到最后一句，特意强调了一遍。

"你手里捂的是什么？"曹看到洋身子坐得直直的，双手一直捂着一张纸头，想一探究竟。

"没什么！"洋没有做过多的说明。

申总一行五人走入会场，大家起身鼓掌表示欢迎。

"你好，没想到在这里遇到你！"一位风度翩翩戴眼镜的中年男子走到曹面前，友好地招呼着。

"还有我，你没想到我们会来吧！"另一位穿着得体、落落大方的女子也来到曹面前，握着手。

曹一惊：两位老朋友怎么都来这里了？他们何时成了专家？

这时，洋凑了过来："兄弟，真有你的！你怎么与这些专家、领导认识呢？有机会帮我介绍介绍。"

曹看了看洋满是堆笑的脸，勉强地挤了挤笑容。

落座后，申解开了曹的谜团：五位专家是来考察技术人才后备力量的，人员名额只有一个。

会议按照议程开了许久，曹总是轻摇着脖子，舒缓严重的颈椎炎的疼痛。当他头转圈时，偶然间看到了洋——一本正经地记录着每一位专家的讲话，眼神显示出虔诚状。

"会后专家们会找每一位同志谈心的，请大家随喊随到。散会！"申宣布完毕，全场人员都各自回到了岗位。

"这是我的……"落在最后的洋将手中的那张纸递给正要跨出会议室门的申。

曹正与两位老朋友说笑，侧身走过申总的旁边，眼睛瞟到了那张纸——原来是自己早年前与洋合作的成果鉴定书，自己的签名不知何时被抹去了。

曹看了看洋，洋的眼神很是迷离，忙用手遮住那张纸。

曹没有说什么，仍旧与两位好朋友有说有笑地离开了会场。在考察、谈话期间，洋找到曹，希望曹能在专家面前说道说道："你跟他们那么熟，看看能不能帮我说一些好话，打打招呼，这一个名额，我很需要……"

曹看着这张熟悉又陌生、满是堆笑的脸，安慰地说："放心吧！我会尽力帮你说话的。"

曹没有食言，尽可能地说了洋的许多优点。洋也如愿以偿地得到了那个梦寐以求的"后备人才"名额。

自从那次之后，曹再也没有与洋称兄道弟。

简单就好

1

"该送礼了！"孩子妈妈对坐在沙发上的孩子爸爸说。

"送礼？送什么礼？"孩子爸爸愣愣地看着孩子妈妈。

"喏！就是给大伯家的孩子送礼。"孩子妈妈提醒着。

"什么礼？我还是有些不明白。"孩子爸爸愣头愣脑的。

"大伯家的孩子不是出国留学了吗？"

"哦！对对对！"孩子爸爸恍然大悟，"这是必须的。"

乐和乐和，这是一家人之间的相处之道。送完礼，此事也就过去了。没几日，大伯从外地回到了老家，招呼自家兄弟、姐妹亲人欢聚，席间没有外人。

"一家人团团圆圆，其乐融融。"这是相互之间畅谈时说得最多的一句话，"其他人也就不再邀请了。"

孩子爸爸记得这样的话语。若干年后，孩子考上大学，自家人在一起小小地聚了一餐，相互聊了聊，没有邀请朋友，也没有过多地去唠叨此事。

简单。

2

灯红酒绿，觥筹交错。

你夹一片菜，我嚼一块肉。菜之味，入之胃。

你笑盈盈地说："这真是一道好菜！真心喜欢它！"你又指了指还未入胃的饭桌上的菜，有些不满："食之无味，弃之可惜。"

你来一杯，我来一盏。

酒足饭饱，嬉笑奉承。你笑我乐，快乐似神仙。华灯璀璨，相互挥手告别，期待下一次的相聚，看似快乐的日子，是否你"情"入我"心"，我"心"拥你"意"呢？

东晋葛洪撰写的《抱朴子·交际》有言："朋友之交不宜浮杂。"也就是说与人相处必须谨慎，不宜乱七八糟地贪图"多""广"，甚至"门路多多"者。只有谨慎地结交，才会不失掉好的朋友，才有简单的生活。

不简单！

3

说个历史小故事吧！

唐贞观年间，薛仁贵与妻子住在一个破窑洞中，生活很困难，日常全部依靠朋友王茂生夫妇的接济。

后来，薛仁贵参军，在跟随唐太宗李世民御驾东征时立了战功，被封为平辽王，身价百倍，门庭若市。薛仁贵婉言谢绝了送来的贺礼，唯独收下了王茂生送来的"美酒两坛"。

打开酒坛，这才发现坛中装的不是美酒而是清水。家丁禀报后请薛仁贵重重地惩罚王茂生。薛仁贵不但没有生气，反而命人取来大碗，当众从坛内舀了三大碗清水，说："我过去落难时，全靠王兄弟夫妇的资助，没有他们就没有我今天的荣华富贵。如今我美酒不沾，厚礼不收，却偏偏要收下王兄弟送来的清水，因为我知道王兄弟贫寒，送清水也是王兄弟的一番美意，这就叫君子之交淡如水。"

有那么几位知心、真心的朋友，简单地相处、交往，可以轻松自如，心境如水一样清澈透明。

4

人们常说："小时候，快乐是一件很简单的事情；长大后，简单是一件很快乐的事情。"也许就是这么回事吧。

忍之苦，容无怨

1

他，热情奔放，对未来的工作和生活充满了向往。每当走在校园里时，他常常憧憬着与一群孩子在一起的情形，也常常想象着那甜蜜的教学生活。

知了不停地在枝头鸣叫时，他拿着一封入职介绍信，来到了一处陌生地——地处城乡交会处的一所小学。

校园门口竖立着旗杆，五星红旗高高地飘扬，两边是两幢三层的教学楼。顺着道路往前走走，路旁公示栏上的内容吸引了他：里面张贴着一张张照片，旁边备注着"优秀青年教师""学科带头人""优秀教育工作者""优秀班主任"……各种头衔应接不暇。

他怦然心动：多么优秀的教师群体呀！他伸了伸自己的手臂，闭上双眼，感觉自己已经被暖暖地包围着，幸福之情溢满胸膛。

一天的会议就在期盼中结束了。第二日，他接到电话，学校教导处通知他去分校就职。他从别人的口中打听到了分校地址，那是一个还不算偏僻的地方。

分校校长热情地接待了他。到了新办公室，校长走后，他环顾四周，内心非常失落——办公室内部陈设很陈旧，显然已经许多年没有更换过。那靠墙的一排排的木架上零星地摆着几摞学生的作业本，上面也落满了灰尘。办公桌上的漆脱落许多，这边一块斑，那里一处划痕……

不管了，做好自己吧！他眯着眼睛，克制住内心的纠结。站在二楼的走廊上，看着远处，他平复着自己的心情，想起了多年前老师曾说过的话：无论环境如何变化，现实与理想多么冲突，坚持自己的信念，一定能收获精彩的人生！

2

站在五岔口，他有些茫然，究竟该走哪条路呢？看着眼前各个方向的红绿灯，内心的焦躁涌上了心头，胸口隐隐地被堵塞着，喘不过气来。

"你好！"身后传来了熟悉的声音。回头看，是好友。

"我真是替你抱不平，什么乱七八糟的评议？纯粹是一片乌烟瘴气的标准……"她嘟囔的话语一直没有停歇。

两人就这么走走停停。

"算了！"他缓过气来，"也许，别人有其他的考量呢！虽然我符合本次评选条件，但未必就能够入选呀！"

"说得没错！我正要问你，你是不是跟评选小组组长有什么私人恩怨？他为什么非得找一个理由，说你不符合条件呢？还说得那么振振有词。"她停下脚步。

"我哪知道！"他也显得莫名其妙，"不过……"

"不过什么？"她好奇地追问。

"对于材料的任何条款，我都是仔细地阅读，有些项目是重合的，不需要提交。说我缺少的材料并不是硬性条件，因为相对应的条款我提交了材料……"他一条一条地阐述着对评选要求的理解，他的胸膛忽然间开朗了许多，"算了，事情过了就过了。也许，这就是别人所说的'人生历练'吧！"

"也是。"她也想通了，"事事都有不如意，做好我们自己的事情，过好我们自己的人生，这才是重要的。"

"你不是常对我说'上帝为你关上了一扇门，却又为你打开了一扇窗'吗？"夕阳照在他灿烂的笑脸上，"也许，这次的经历让我下定决心好好思考未来的路程。"

"嗯，永远不要失去希望，你在某一件事上遇到绝境，在另一个地方也许就会有另一个机会等着你。"她眯起眼睛，看着缓缓落下的夕阳。

事来则应，事去不留

1

趴在课桌上，斜眼看着窗外那飘落的细细春雨，淋湿了对面一排房屋上黑乎乎的瓦楞，内心也潮潮的一片。

雨点顺着屋檐往下滑，一滴接着一滴连成一串串的，宛如是教室前的门帘。教室走廊的那些砖块隙间总有那么几株花儿，挣扎着想要给大千世界增添点色彩。它们被春雨滋润得油光发亮，饱胀的叶片随时随地要滴下心中的渴望。

一群又一群充满稚气的人儿在"之"字形走廊上来来去去，转入了"回"字形的走廊上，转眼消失在走廊的尽头。

人影在花儿跟前来去匆匆。

落日的余晖在雨停后的一段时间里铺满了黑乎乎的瓦檐。偶尔有那么一滴雨珠从瓦缝间滴落下来，花儿想方设法地伸长脖子，想与雨珠来一次亲密的接吻。可惜未果，只听到风"哗"的一下裹挟走了雨点。

天气渐晚，花儿渐渐地眯上双眼，这注定又是一个思念之夜。

2

教室后面的那一排排大树,高大茂密,每年的六月间知了的叫声灌入每个人的耳膜。站在树底下,驻足观望,总寻觅不到蝉儿的踪迹。它不紧不慢地叫一声,又叫一声,等着你发觉它。待你回首时,那"知了、知了"的鸣叫一声接着一声,似乎在这棵树上,又似乎在那棵树上,让你不知所措。

旧的房屋要进行拆除,新的房屋还没有建成。我们在两个区域间来来去去,从这边的场地搬起砖块,装货、拖移,到那边再将砖块卸下、码齐,如此反复。

日子在快乐中过去,场地的两边总是充满着欢笑,因为大伙都在添砖加瓦。你鼓励着我,我激励着你。雀儿在头顶上飞来飞去,朵朵白云轻悠悠地在新场地的上空飘过。

青的草,绿的地,我们带领着孩子们聚拢在一起,随着"咔嚓"一声,那段记忆永远地定格在那个阳光灿烂的夏日午后。

捡起丢失的零零碎碎的一些生活片段,那些稍稍显得完整的,都被自己打包藏在了那条熟悉的道路上。站在现在的人生路口,总能看到那灿烂若星的匣子,但又不确定它是否还在那个自己珍藏的地方。

3

喜欢的桃树林看到了吗?就在那排二层楼的屋后。你要用力攀爬那有些松软的土坡,上了那个土墩,方能看得到。记得,还要在二三月间,杨柳青青的时节。

桃树林就像人们口中流传的桃花源一样美:"夹岸数百步,中无杂树,芳草鲜美,落英缤纷……"漫步其间,你会迷失方向,也会被那不知从哪里飞来的蜜蜂、蝴蝶所包围,还会被那偶尔飘落下来的粉色桃花迷乱双眼。你伸手总是接不到一片桃花的花瓣，只能握住一缕缕的桃花芳香。

究竟是你在看桃花，还是桃花在看你？

没有机会遇到桃树林，那就去一趟梨树林吧！冷冷的大道上，见不到一个人，此刻的梨树林里必然有三五成群的人儿走动。看看这棵，很好；摸摸那棵，很好。只看不摘，只闻不摘。

这样的回忆，时常在梦中出现，宛如在视线的尽头，总不能清晰地来到跟前，远远地，你的手掌始终触碰不到。

月光伴着微风从树林里穿过，照不见你的脸，但听得到你的心跳和呼吸。轻轻地、柔柔地，洋溢着青春气息。

"松一点"与"紧一点"

1

家里的水池子总是漏水，不知哪里出了问题。我找人帮忙看了一下，是进水的三角阀老化了。换了一个，问题似乎解决了。

第二天，妈打电话来，说：水池漏水的问题没有彻底解决。我又去了一趟，左看看，右试试。原来是水池的水龙头和水池底部都有问题。

我上街购买了一套新的水池洁具，安上去，总以为这下问题能解决了。试水，水池底部的放水处还有点滴的水渍。我仔细查看了一番，发现是水池接管处的螺纹不严实。我用力地拧，手一滑，螺纹反倒脱落了。我又重新悬拧，慢慢拧，终于恰到好处时，我停手。试着放水，不漏；再试，不漏。

我开心地说："原来要紧一点。"

妈很高兴。

2

又是一年终结时，孩子们常常聚在一起交头接耳，那喜悦的心情流露在脸上。偶有孩子跑到我面前，说这个，说那个，总的意思是总结自己一学期以来的成就。我也很享受地站在阳光洒满的走廊上，静静地听着他们叽叽喳喳。

"选小骏！"

"选小萱！"

"选小晔！"

"选小洋！"

……

一声接着一声，那是学期末孩子们在班主任老师的带领下选班级各个奖项的获得者。每个榜上有名的孩子脸上的笑容都一直绽放着。

小骏也位列其中，而且不是一个奖项，扳扳指头，数了数：1、2、3、4、5、6、7，一共7项。

伙伴们羡慕的眼神一直没有离开过。

班主任将几位上榜的孩子喊到了办公室，小骏也去了。

班主任跟几位获奖多的孩子商量，能否让出几个名额给进步的同学？让他们也感受到成长的快乐。

孩子们都表示同意。

到底让出几个奖项呢？这是需要协商的。

班主任与小骏商量。最终，小骏让出了3个名额。班主任代表自己也代表那些替补的同学对小骏说了"谢谢"。

颁奖典礼开始了。

轮到小骏领奖时，他风一般地跑到队伍的前面，乐开了花似的接受老师的奖状和祝福。一次又一次地来回奔跑，共有4次。小骏一点也不觉得累，反而觉得这样来来回回很是愉快。

轮到颁发小骏让出的那三个奖项时，小骏的脸上显得异常兴奋，鼓掌更加热烈。

3

学生考试周，空气中弥漫着紧张的气息。每个人的眉头似乎都有意无意地锁了起来，不得欢颜。校园内静悄悄的，孩子们以往活蹦乱跳的场景不是很多。

考试当日的午饭后，我来到班级，按时间点给孩子们布置了复习的内容，一遍遍地朗读，一遍遍地默看，一遍遍地记忆……

结束后的当日，M老师谈及阅卷的事宜："对于试卷的内容、评分标准，一线老师最有发言权，一定要征求他们的意见。"

片刻，M老师又交代："评分标准一定要符合规范，特别是习作，主要看孩子们的实际写作能力，偏题、跑题情况下还是要看文章的内容，可以降低一个档次，千万不能做大幅度的扣分处理。"

"这次阅卷松一点了，以前那可真叫紧。"有人在一旁说着。

"松一点"不是M老师的真实意图。M老师的"符合规范"被误解成"松一点"。对于学生来说，每次的写作都是一次全新的尝试。老师每次评卷时，是否要考虑到他们的"接受度"呢？不要一味地用那个"标准答案"来衡量。

对于知识的获得有多种渠道，对于知识的解答本身也有多重解读，如果我们一味地跟着"参考答案"，那么许多学生的回答必然会"不合标准"。

这样的"紧一点"是虚伪的"负责"。因为这样的"紧"没有考虑学生的多元化，方便了自己，而忽略了学生的成长足迹。

"松一点"的前提是"规范"，"紧一点"的前提是"兼顾"。

惟精惟诚

《庄子·渔父》语："真者，精诚之至也。不精不诚，不能动人。故强哭者，虽悲不哀；强怒者，虽严不威；强亲者，虽笑不和。"大意是不真诚就不能打动别人。中国俗语"精诚所至，金石为开"可以为这几句话做注，它劝告我们：要以真诚待人，表里如一，不可虚伪。

每当我漫步在校区内，总能感受到"快乐教育""快乐成长"。学校传承着百余年的书院内涵，以一脉相承、源于历史的办学理念实践着"做事惟精，做人惟诚"。

1

如果追寻历史的脚步，我们会在乾隆四十年（1775年）看到学校的雏形。积淀如此深厚的学校，定有历久弥新的校园文化体系，也必然在骨子里流淌着浓厚的教育氛围与情怀。

校区在不改变活动场地的基础上，铺设了地砖，并且在四周墙壁上用大理石绘制了具有浓郁特色的"溧水中山八景"（琛岭神灯、芝山石燕、观峰耸翠、金井涌泉、龙潭烟雨、洞壁琴音、东庐叠巘、臼湖渔歌）及古诗句。

"文化墙"便是无声的"师者"，逐渐浸润着学生的心灵，爱校园、爱家乡、爱祖国的一草一木的思想也渐渐融入他们的自觉行为中，举止必将得到规范。"文化墙"坚持以人为本的理念，弘扬着学校"文明、和谐、严谨、开拓"的校风，创造友好、和谐、优美的校园环境，使学生的学习氛围更加有品位，把学生的心灵塑造得更美好。

2

校区以研究、探索和指导学生的学习态度、学习方法、学习能力和学习行为为抓手，以提升学生的道德品质为宗旨，力求使全体学生更加热爱学习、更加主动学习、更加善于学习，加速学生个体好的学习习惯的养成，促进学生个体的学习态度、方法和能力的提升，坚守着"好学、勤学、会学"的优良学风。

活动的开展，促使学生对学习内容有强烈的求知欲，对新生事物有极大的兴趣和好奇心，使学生以良好的情绪、巨大的热情、专注的心态、积极的思维和丰富的想象进行学习，从而认识到智慧的力量，感悟到学习的内需，体验到学习的快乐，做到学有所爱，使自己好学。

活动的开展，促使学生在学习过程中能克服畏难情绪，不被学习中的各种困难吓倒，养成持久顽强、积极参与、主动刻苦、细致认真、善思好问、大胆发言、书写整洁的学习习惯，从而做出主动化学习行为，做到学有所恒，勤学爱学。

活动的开展，促使学生对学习内容的掌握有科学的学习方法及技巧，在学习过程中能独立自主获取、加工并处理相关信息，从而达到分析、解决问题的目的，同时逐步形成自身持久的内在能力，善于学习、有方法学习、有能力思考，做到学有所成，自己会学。

3

走进充满鸟语花香的校园里，你能看到树木苍翠，绿草茵茵，无论何时，校园内都充满着生机勃勃的景象，你能感受到这既是一个校园，也是一个乐园，还是一个家园。

"爬梯"的本心

1

教师专业发展是指教师作为专业人员，在专业思想、专业知识、专业能力等方面不断发展和完善的过程，即是从新手型教师到专家型教师的过程。教师们从年轻时开始就有梦想，就有成为专家型教师的梦想，只是这个过程非常漫长。过了若干年后，许多教师觉得"梦想"成了"空想"，于是"专业发展"也就不再谈及。

原因是什么？

主要是没有机会。

为什么没有机会？

主要是没有平台。

为什么没有平台？

主要是没有让他（她）站在平台上的那个"梯子"。

我曾在《在"爬梯"中阅读》如是说——

　　你玩过"爬梯子"游戏吗？你看到靠在墙边的梯子会不由自主地向上爬吗？梯子的用途大极了：建筑工地上的叔叔们登上梯子可以刷涂料、安吊灯，消防员叔叔登上梯子能爬到楼上去灭火、救人，果农可以将梯子搭在果树上

采摘水果……我们可以爬上梯子玩。嗯，站在梯子上能看
到不一样的风景哦！

"爬梯"的目的是什么？就是为了看得更多，看得更远。没有
"梯子"，就没有展示的舞台；没有"梯子"，就没有向上的动力，
"欲穷千里目，更上一层楼"。

远的不说，说近的，我所了解到的区教师进修学校一年又一年
开展的"1+X"导师制就是"梯子"。

"1+X"导师制作为新型的新入职教师培养模式在教师培训中起
着举足轻重的作用：有利于新入职教师快步进入角色；有利于学科
建设的储备；有利于加强教师专业化发展，保证教师群体素质提升
的有效性。其中，"1"是指一位导师。一位导师的素质如何，直接
影响到新入职教师未来的发展，也影响到一所学校、一门学科未来
的发展前景。"1+X"导师制的后续反应是可持续的生命力强大的
一项工程，因为"1+X"导师制中的导师都是骨干教师或有经验的
老师，他们"经过长期的教育实践积累了丰富的经验，经验是理论
与实践结合的'中介'，凡称得上'经验'的东西都在一定程度上
反映了事物发展的规律，经验本身就蕴含、凝聚着理论，并且具有
实践性和生动具体的特征，是青年教师最易接受和最迫切需要的成
长武器"。（王福华《师带徒——导师制：青年教师专业成长的"助
推器"》）

给一个"梯子"就是给了他们"专业发展"的机会，有了"梯
子"也就"后继有人"，否则就会出现"至如仲任置砚以综述，叔
通怀笔以专业，既暄之以岁序，又煎之以日时，是以曹公惧为文之
伤命，陆云叹用思之困神，非虚谈也"（选自《文心雕龙》：至于
王充在门窗墙柱上放满笔墨以进行著作，曹褒在走路、睡觉时都抱
着纸笔而专心于礼仪，既累月不断地苦思，又整天不停地煎熬，所
以曹操曾担心过分操劳会伤害性命，陆云曾感叹过分用心会使精神

困乏，都不是没有根据的空话）般的现象。

2

"一个人独行可以走得很快，一群人才会走得更远！"一个人的成长总是在一定的环境之中，也总是在一定的外部压力的"簇拥"之下而不断地前行。如果一群人结伴而行，相互之间可以取长补短，无论是思维还是思考，都会日进一寸。

"教师专业发展"更多是从教育学纬度加以界定的，其主要内容是指教师个体、内在的专业化提高。教师个体、内在的专业化提高，需要以学校文化为基石，特别是学校要为教师搭建平等对话、交流的平台，为教师专业化成长创设一个"团队"，形成真正的研究氛围。回顾我们曾经实施过的"课""研""联"三位一体的校本研修，会更加感叹"团队"的重要性。

周周"教研课"是学校全体教师追求有效课堂教学质量的一种举措，因为每位上课教师在进行教研课时，都会与本组的教师进行交流，让新、老教师连起来，骨干教师亮起来，一线教师动起来，孵化和催生浓浓的教、研一体化。上课教师结合本组教师的意见、依据研究专题精心选择研究课内容，制定研究课的教学流程，力争较好体现课与研的统一，这样的研训是发展学校文化、提升办学品位的主要途径，是教师走研究型、可持续发展之路的重要手段。

"课改沙龙"更是一个松散却有活力的"团队"，活动给教师们进行思维交流和思想碰撞创造了机会，提供了良好的平台。参加研讨的教师围绕沙龙活动主题进行积极而有效的交流，同时结合自己的教学实践充分阐述和表达自己的观点，不断反思自己的教学理念和教学行为，让课改理念真正落实到了实处。当年的语文教研组围绕"语文课堂教学中的得与失"话题，分别从"在教学中努力体现语文的实践性和综合性""充分发挥师生双方在教学中的主动性和创造性"、第一课时"平平淡淡"、第二课时"轰轰烈烈""理想的语文课堂"四个方面进行了"语文课堂教学目标有效性"的深入研讨……

一个个"团队"中的教师逐渐养成"学习—实践—反思—再学习—再实践"的习惯，教师的整体素质明显提高。"团队"中的教师承担的一次次的校本研训不再是一种外在的负担，而是一种使学校更快发展的内在激励机制，是学校变革、教师发展、素质提升的兴奋点，让学校能真正地做到因地制宜地促进教师的专业发展。

"团队"需要的是传承，需要的是固守，需要的是精气神，去除功利，去除散乱，去除浮华，只有"行远必自迩，登高必自卑"，方能成就未来。

3

学校提出教研组必须要"集体备课"。有人或许会说："集体备课"学校久已存在，再说是不是有点"回顾"的意味？

不尽然。

"集体备课"，以前有过，但究竟是一种什么"状态"，很多老师没有明确的思想意识。而今重提此事，自然就需要思考"为何重提""如何提升"等一系列问题。

"集体备课"要有仪式感。"集体备课"是一个教研组（一门学科的所有成员参与）的"集体活动"，也是提升教学品质的一项重要的活动。这是一件"事"，那么"事情的形式"就需要得到重视，要很严肃、庄重地对待此事，这就需要具有"仪式感"，这也是对教研活动的一种态度。态度的好与坏、强与弱，决定了"集体备课"的效率。

"集体备课"要有流程式。"集体备课"是一件事，是教育教学过程中暂时停顿下来开展的一件事。既然是"事"，那就有一个过程（正如我们跟学生所说的：事情要有起因、经过和结果）。简单地说，"集体备课"先做什么，再做什么，然后做什么，接着做什么，最后做什么，这些都要有事先的安排，要早做策划，早做思考。有了"流程"就使得"集体备课"有一个完整的业务行为的过程。

"集体备课"要有侧重点。"集体备课"不是拉家常，也不是东拉西扯，而是有"针对性"，有"目标性"，有"可行性"。每一次的"集体备课"必然是解决一个问题，也必然是达成一个共识。如果讨论的内容很多，就会使得一次"集体备课"的内容被"稀释"掉，聊着聊着，不就成了"温水煮青蛙"的局面了吗？所以，每一次的"集体备课"不求多，只求"单一"，直奔"重点"，直奔"同一话题"。

"集体备课"要有全体观。许多时候，我们的"集体备课"只有两位人员：主持人、主讲人，其他人似乎都成了"观光客"。"集体备课"是集体的活动，是专业发展的互帮互助的一种有效形式。特别是对于刚走上教学岗位的年轻教师来说，听一听前辈的经验，说一说自己的感受，想一想课堂的设计，改一改教案的不足，都是能产生重要作用的。从这个角度去看，"集体备课"时，任何一个人都要积极地做好前期的思考，参与当下的讨论。只有思维的碰撞才能产生更多的火花。

"集体备课"要有延续性。"集体备课"虽说是固定时间、固定场所、固定话题的一种"固化"的教研活动，但是我们不能单单以"固化思维"看待"集体备课"的"暂时作用"。"集体备课"活动结束后（一般是两个小时内解决问题），可集体研讨之后的成果如何真正落地呢？是否真正地在课堂上进行落实呢？这需要我们有一个延续的"集体备课"的再研讨，即课堂教学听课活动。这样的"研讨—实践—研讨"的形式定能提质增效。

4

诺贝尔化学奖获得者艾伦·麦克迪尔米德教授说过："一所大学的质量并不取决于它的教学大楼，也不取决于它的实验室和图书馆，虽然这些都很重要，但是决定科学研究水平高低的关键在人。一般来说，即使有风景如画的校园，汗牛充栋的图书馆，装备精良的实验室，但要是不能将最优秀的师资和一流的学生吸引到这些建筑物中，那只能是金玉其外。因此，我一再强调——科学研究在于人，人是第一位的。"因此，学校的发展，首先就是要让教师发展，要想有长期的发展，自然需要有"爬梯"的本心。

不忘初心，方得始终。

"初心"暗示着要把握好自己的那颗"本心"，做自己喜欢做的事情，做好自己本应该做好的事情，让自己变得善良、真诚、进取、宽容、博爱。

只要心不老，岁月将永远不会老，"爬梯"的本心定会在一定的时刻爆发。